LE RENDEZ-VOUS DES THUILLERIES,

OU LE

COQUET TROMPE',

COMEDIE.

A PARIS,

Chez THOMAS GUILLAIN, sur le Quay
des Augustins, à la descente du Pont-neuf,
à l'Image saint Loüis.

M. DC. LXXXVI.
AVEC PRIVILEGE DU ROY

EXTRAIT DV PRIVILEGE du Roy.

PAr Grace & Privilege du Roy, donné à Paris le 21. jour de Fevrier 1686. Signé , Par le Roy en son Conseil, Du Gono. Il est permis au Sieur BARON, Comedien de nostre Troupe Royale, de faire imprimer , vendre & debiter par tel Imprimeur ou Libraire qu'il voudra choisir, une Piece de Theatre de sa composition, intitulée *Le Coquet trompé, Comedie*, pendant le temps de six années, à compter du jour que ledit Livre sera achevé d'imprimer pour la premiere fois: Pendant lequel temps faisons tres-expresse inhibition & deffense à toutes personnes, de quelque qualité & condition qu'elles soient , de faire imprimer , vendre & debiter par tous les lieux de nostre obeïssance d'autre Edition que celle du Sieur BARON, ou de ceux qui auront droit de luy , à peine de trois mil livres d'amende payables sans deport par chacun des contrevenans , confiscation des Exemplaires contrefaits, & autres peines plus au long contenuës dans lesdites Lettres.

Registré sur le Livre de la Communauté des Libraires & Imprimeurs de Paris, le 6. Mars 1686. suivant l'Arrest du Parlement du 8. Avril 1653. Et celuy du Conseil Privé du Roy du 27. Fevrier 1665.
Signé ANGOT, Syndic.

Achevé d'imprimer pour la premiere fois le 2. Juillet 1686.

M^r DE LA THUILLERIE.

Mlle BEAUVAL.

M^r LE BARON.

Mr RAISIN l'aifné.

M^r DE LA TORILLIERE.

Mr BEAUVAL.

CRISPIN.

UN MARQUIS.

PHILISTE.

AMINTE.

CLORIS.

CLEANTE.

CHAMPAGNE.

PICARD.

PROLOGUE.
COMEDIE.

SCENE PREMIERE.

Mad. BEAUVAL, Mr LA THUILLERIE.

Mad. BEAUVAL.

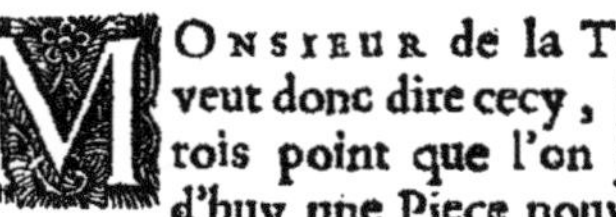

ONSIEUR de la Thuillerie que veut donc dire cecy, je ne devine-rois point que l'on joüé aujour-d'huy une Piece nouvelle ; Il est prés de cinq heures , & je ne vois encore per-sonne d'habillé. A quoy vous amusez-vous.

Mr DE LA THUILLERIE.
Moy ?

Mad. BEAUVAL.
Ah ! il est vray que vous n'y joüez point.

A

Champagne, Champagne, Janot, Champagne, Lacronier, Champagne.

SCENE II.

Mad. BEAUVAL, Mr LA THUILLERIE, CHAMPAGNE.

CHAMPAGNE.

MAdemoiselle.

Mad. BEAUVAL.

A quoy songes-tu ? Que fais-tu ? D'où
viens-tu ? pourquoy n'allumes-tu pas. Il faut
faire maison neuve ; il y a deux heures que je
suis habillée, moy, & ces coquins-là...

CHAMPAGNE.

Mademoiselle, si vous voulez, tout sera
prest dans un moment ; mais Monsieur le
Baron vient de m'envoyer dire de ne pas
allumer si-tost.

Mr DE LA THUILLERIE.

Jusques à present il n'y a pas encore grand
mal ; mais pour peu qu'il tardast...

Mad. BEAUVAL.

Il prend bien son temps pour se faire atten-

dre le jour d'une Piece nouvelle. Je vais pa-
rier qu'il jouë à trois dez de l'heure qu'il eſt.

Mr LA THUILLERIE.

La peſte qu'il n'a garde.

Mad. BEAUVAL.

Hé pourquoy ?

Mr LA THUILLERIE.

La Piece que nous allons joüer eſt de luy.

Mad. BEAUVAL.

Qui vous l'a dit.

Mr LA THUILLERIE.

Luy-même, hier il l'annonça.

SCENE III.

Mrs BARON ET LA THUILLERIE,
Mad. BEAUVAL, PICARD.

Mr LE BARON.

HAy Picard, Picard, Picard ?

PICARD.

Monſieur.

Mr LE BARON.

Tien, prens mon manteau, & reportés
mes habits chez moy, je ne joüeray poinſ
d'aujourd'huy.

Mad. BEAUVAL.

Courage. Voicy quelque chofe de nouveau.

Mr LE BARON.

Picard, dis au Portier en mefme temps qu'il
n'a qu'à rendre l'argent.

Mr LA THUILLERIE.

Y fongez-vous ?

Mr LE BARON.

J'y ay fongé.

Mad. BEAUVAL.

Eftes-vous fou ?

Mr LE BARON.

Non, Mademoifelle, je ne fuis point fou.

Mr LA THUILLERIE.

Je vais au plus vifte empefcher que l'on ne
faffe ce que vous dites.

SCENE IV.

Mrs BARON ET RAISIN,
Mad. BEAUVAL.

Mr LE BARON *à M. la Thuillerie qui s'en va*

CEla fera inutile.

PROLOGUE.

Mr RAISIN.

Et qu'eft-ce Monfieur Baron, n'allez-vous
pas vous habiller ?

Mad. BEAUVAL.

C'eft un fou.

M. LE BARON.

Fort bien.

Mad. BEAUVAL.

Quel impertinent !

M. RAISIN.

Qu'eft-ce donc ?

M. LE BARON.

Elle raille.

Mad. BEAUVAL.

Non, ma foy, je ne railles point.

M. LE BARON.

Oh que fi.

Mad. BEAUVAL.

Je fuis laffe de vos fottifes au moins.

M. LE BARON.

Que n'eftes-vous toujours comme cela.

M. RAISIN.

Je ne comprens rien.

Mad. BEAUVAL.

Quel extravagant.

M. LE BARON.

Que la voila de bonne humeur !

Mad. BEAUVAL.

Quel ridicule.

A iij

M. LE BARON.

Courage.

Mad. BEAUVAL.

Monſieur le Baron.

M. LE BARON.

Mademoiſelle.

Mad. BEAUVAL.

Je vous diray quelque choſe qui ne vous plaira pas.

M. LE BARON.

Tout me plaira de vous.

Mad. BEAUVAL.

Oh finiſſons.

M. LE BARON,

Quand vous voudrez.

Mad. BEAUVAL.

Je n'aime point vos plaiſanteries.

M. LE BARON.

Je ne vous en fais point.

Mad. BEAUVAL.

A qui penſez-vous avoir affaire.

M. LE BARON.

A vous-meſme.

Mad. BEAUVAL.

Je ſuis laſſe d'en ſouffrir.

M. LE BARON.

Je n'en ſuis pas cauſe.

Mad. BEAUVAL,

Laiſſez-moy en repos.

M. LE BARON.

Vous estes trop charmante comme cela.

Mad. BEAUVAL.

Allez vous promener.

M. LE BARON.

Comme elle se divertit.

Mad. BEAUVAL.

La peste vous étouffe.

M. LE BARON *en riant.*

Ah, ah, ah.

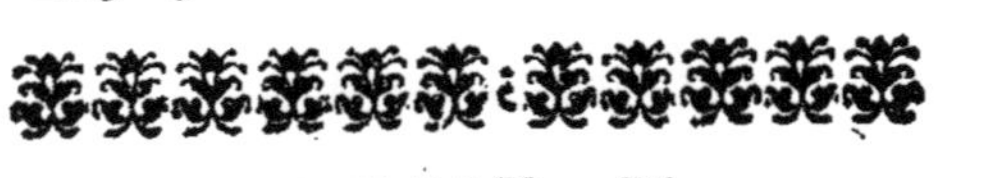

SCENE V.

**Mrs BARON , RAISIN , BEAUVAL,
ET Mad. BEAUVAL.**

M. BEAUVAL.

QU'est-ce donc que j'entens.

Mad. BEAUVAL.

Faut-il le demander.

M. LE BARON.

Il y a une heure que nous plaisantons tous
deux.

M. BEAUVAL.

Vous ne sçauriez estre un moment ensemble sans vous quereller.

A iiij

PROLOGUE.

M. LE BARON.

Bon, ne voyez-vous pas qu'elle rit.

Mad. BEAUVAL.

Qui moy je ris ? jarny. Ah, ah, ah.

M. LE BARON.

Hé bien que vous disois-je ?

M. BEAUVAL.

Par ma foy vous estes fou tous deux.

Mad. BEAUVAL.

Qui ne riroit de toutes ces folies.

M. LE BARON.

Mais que ne riez-vous donc toujours.

Mad. BEAUVAL.

Il ne me plaist pas. Ah mort de ma vie si
j'estois homme.

M. LE BARON.

Bon, la voila qui pleure.

M. BEAUVAL.

Hé ne luy dites rien.

Mad. BEAUVAL.

Ouy, je pleure de rage de voir un fou. Ah,
ah, ah, parce que je ne suis qu'une femme.

M. BEAUVAL.

Mademoiselle de Beauval, allez je vous
prie achever de vous habiller.

Mad. BEAUVAL.

Oh mort de ma vie, si tu estois de mon
humeur.

M. BEAUVAL.

Oh faites donc ce que l'on vous dit.

SCENE VI.

Mrs BARON , RAISIN ET BEAUVAL.

M. LE BARON.

Ire , pleurer , & quereller tout ensemble,
voila ce qu'on appelle une bonne Co-
medienne.

M. BEAUVAL.

Le beau plaisir que vous avez de la mettre
en colere.

M. LE BARON.

Pourquoy s'y met-elle mal-à-propos.

M. BEAUVAL.

N'a-t'elle pas raison ? On vient de nous
dire à la porte que vous ne vouliez pas joüer.

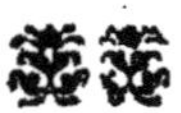

SCENE VII.

**Mrs LE BARON, RAISIN, BEAUVAL,
LA THUILLERIE ET LA TORILLIERE.**

M. LA THUILLERIE.

JE viens d'empefcher que l'on n'executaſt vos ordres.

M. RAISIN.

Vous avez fort bien fait.

M. LE BARON.

Vous joüerez donc une autre Piece : car pour celle-cy...

M. LA THUILLERIE.

Mais du moins dites-moy les raiſons d'une reſolution ſi étrange.

M. LE BARON.

Oh voila ce qu'il me falloit demander, & non pas s'emporter contre moy, comme Mademoiſelle Beauval vient de faire.

M. LA TORILLIERE.

Dites-nous-les donc, & ne perdez point de temps : car le monde commence à venir, & il faut au plus viſte ou ſe reſoudre à ne point joüer, ou nous habiller promptement.

M. LE BARON.

Je le veux bien, & de plus je vous promets
de joüer, pourveu que vous me promettiez
d'executer ce que je vais vous propofer en cas
mefme que vous le trouviez raifonnable.

M. LA TORILLIERE.

Dépefchez-vous donc, on vous le promet.

M. LE BARON.

Affurément.

M. RAISIN.

Ouy, nous vous le promettons tous.

M. LE BARON.

Je commence. Vous fçavez bien Meffieurs
qui depuis un an au moins...

M. LA TORILLIERE.

Avant la naiffance du Monde, & fa crea-
tion.

M. LE BARON.

Oh laiffez-moy parler.

M. RAISIN.

Ne l'interrompez pas.

M. LA TORILLIERE.

Pourfuivez.

M. LE BARON.

Meffieurs en deux mots, je fuis informé de
bonne part que des gens mal intentionnez
doivent fe trouver icy pour critiquer & fiffler
ma piece; je croy qu'elle merite de l'eftre, &
je me rends juftice; mais je ferois au defef-

poir que ce malheur m'arrivât par un dessein premedité.

M. RAISIN.

Allez, allez, une Piece n'en est pas plus mauvaise pour estre un peu sifflée.

M. BARON.

Certains Autheurs le croyent au moins, & j'en vis un il n'y a pas bien long-temps prendre des huées pour des applaudissemens & s'endormir à l'harmonie des sifflets. Pour moy je vous avoüe que je ne me consolerois jamais d'un pareil accident.

M. LA THUILLERIE.

Et y a-t'il tant de façons ? Il faut s'en plaindre au Roy.

M. LE BARON.

Doucement, doucement Monsieur, cela ne va pas si viste. Il ne faut pas mettre comme cela le Roy à tous les jours. Il nous importe de sçavoir mieux ménager l'honneur qu'il nous fait de nous écouter, & si quelquefois nous sommes obligez d'implorer sa bonté, & de le faire entrer dans de petits détails où il veut bien descendre, ce ne doit estre au moins qu'aprés avoir examiné si nous ne pouvons point venir à bout par nous-même de ce que nous souhaitons : mais il ne laisse pas que d'y avoir des manieres de se plaindre sans faire tant de bruit.

SCENE

SCENE VIII.

CRISPIN, Mrs LE BARON, LA THUILLERIE, BEAUVAL, RAISIN, ET LA TORILLIERE.

CRISPIN.

QU'eſt-ce donc Meſſieurs ? on dit que Monſieur le Baron ne veut pas joüer ! hé bien, y a-t'il tant de façons ? joüons une autre Piece, me voila preſt.

M. LE BARON.

Hé bien Meſſieurs, Monſieur Poiſſon a raiſon.

CRISPIN.

Vous croyez, vous, que toute la raiſon eſt dans voſtre teſte. Mais depuis quand donc avons-nous des vouloirs ? Morbleu il y a vingt-cinq ans que je tiens mon coin avec les meilleurs Comediens du Royaume, j'ay connu les Floridor, Montfleury, la Fleur, la Thorilliere ; & cependant il me paroiſt tout nouveau d'entendre dire je ne veux pas.

M. LE BARON.

Monſieur, je n'ay pas aſſurément le merite

B

de tous ces Messieurs que vous venez de nommer ; mais s'ils avoient esté de ce temps cy , avec aussi peu de merite que j'en ay , ils auroient peut-estre parlé comme je fais , & de leur temps avec autant de merite qu'eux, j'aurois peut-estre parlé comme ils ont fait.

CRISPIN.

Ne remarquez-vous pas du Phébus dans tout ce qu'il dit depuis qu'il se mesle d'estre Poëte.

M. LE BARON.

Et moy je ne veux rien remarquer dans tout ce que vous dites , de peur de vous déplaire; & brisons là de grace , je l'ay dit , & le repete encore , afin que vous en soyez informé , que je n'exposeray point ainsi ma Piece, puisque je suis assez malheureux de n'avoir pû resister à la tentation d'en faire une. Je ne l'exposeray point , vous dis-je , aprés les avis que j'ay receus , que des personnes atitrées seront icy pour la critiquer.

CRISPIN.

Hé morbleu qu'on la critique , pourveu qu'ils soient beaucoup qui la critiquent.

M. LE BARON.

Monsieur , toutes les manieres de gagner de l'argent ne me sont pas égales.

M. LA TORILLIERE.

Monsieur , Monsieur Poisson allez vous

habiller, ce n'eſt pas là l'habit que vous devez avoir.

CRISPIN.

Morbleu, c'eſt que j'entage quand je vois
de jeunes gens comme cela faire les Catons
devant des barbons comme nous. On appelle cela juſtement apprendre à ſon pere à faire
des enfans. Et gros Jean qui remontre à ſon
Curé.

M. LE BARON.

Vive les ſentences ! l'habit convient fort
bien à celles-là.

M. LA TORILLIERE.

Allez donc viſte vous habiller. Vous eſtes
le plus vieux, montrez-vous le plus ſage.

SCENE IX.

Mrs LE BARON, LA THUILLERIE, RAISIN, LA TORILLIERE, ET BEAUVAL.

M. LA TORILLIERE.

HE' bien donc mon enfant, que faut-il
faire.

M. LE BARON.

Ce qu'il faut faire, il faut ceſſer la Comedie ſi-toſt que les ſiffleurs commenceront, ou
quand nous remarquerons des gens attachez
à nous interrompre, vous verrez enſuitte,
ſans que nous prenions le ſoin de nous plaindre, que l'on aura celuy de nous demander
le ſujet de cette reſolution. Hé quoy ! nous
avons eu le malheur de joüer aſſez ſouvent
devant le Roy de mauvaiſes Pieces , & cependant avec une bonté toute extraordinaire,
il nous a écoutez juſqu'au bout. Qu'il ſerve
au moins de modelle dans ces petites choſes,
puiſqu'on ne peut l'imiter dans les grandes.

M. LA TORILLIERE.

Ce que vous dites eſt raiſonnable, il y va
trop de noſtre intereſt pour y manquer. Mais
allez viſte vous preparer , voila déja du
monde qui vient.

Mr LE BARON.

Meſſieurs je ne pourrois jamais eſtre preſt
aſſez toſt. Je vous prie Monſieur Raiſin de
dancer avec Monſieur de la Torilliere ce que
vous aviez preparé pour cette Piece nouvelle
que l'on n'a pas joüée, & de faire chanter à
Mademoiſelle... ce qu'elle y devoit chanter,
cela ne convient point au ſujet de ma Piece,
mais ce ſera ſeulement pour nous donner le
temps de nous habiller.

M. RAISIN.

C'eft affez. Je feray ce que vous voudrez ;
mais vous fçavez bien que vous trouvaftes
vous-même que nous ne danfions pas affez
bien pour nous expofer à le faire , & que ...

M. LE BARON.

Allez, allez, ces Meffieurs auront la bonté
de vous excufer. La neceffité fait fouvent
trouver bon ce qui ne feroit que mediocre,
on ne regardera point cecy comme une affaire
premeditée ; & enfin il y a long-temps que
l'on fçait qu'il nous eft deffendu de fçavoir
chanter ny danfer.

M. RAISIN.

Chargez-vous donc du bon ou du mauvais
fuccés.

Mr LE BARON.

Je m'en charge. Ha voila juftement un de
ces Meffieurs dont je parlois tout à l'heure,
nous allons entendre de belles chofes.

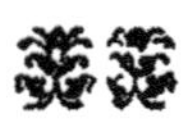

SCENE X.

LE MARQUIS , Mrs LE BARON,
RAISIN , LATORILLIERE ,
LA THUILLERIE.

LE MARQUIS.

BOn jour Monsieur Baron.

Mr LE BARON.

Monsieur je vous donne le bon soir.

LE MARQUIS.

Comment vous va ?

M. LE BARON.

Fort bien , Monsieur, pour vous servir. La
peste soit de l'homme.

LE MARQUIS.

Je viens d'un lieu où j'ay bien dit du bien
de vous.

M. LE BARON.

Je vous suis obligé... Que le Diable l'em-
porte.   *ayez un peu soin...*

LE MARQUIS.

Vous joüez une Piece nouvelle aujour-
d'huy ?

M. LE BARON.

Ouy, Monſieur... N'oubliez pas...

LE MARQUIS.

C'eſt vous qui l'avez faite ?

Mr LE BARON.

Ouy, Monſieur... De grace ſongez...

LE MARQUIS.

Comment l'appellez-vous ?

M. LE BARON.

Ouy Monſieur.

LE MARQUIS.

Je vous demande comment vous la nom-
mez ?

M. LE BARON.

Ah ! ma foy je ne ſçay.... Il faut s'il vous
plaiſt que vous....

LE MARQUIS.

Quand commencerez-vous?

M. LE BARON.

Quand le monde ſera venu... Au diantre
ſoit le queſtionneur.

LE MARQUIS.

La Piece que vous allez jouer eſt-elle ſe-
rieuſe ou Comique ?

M. LE BARON.

Non Monſieur....Je....

LE MARQUIS.

Serieuſe.....

M. LE BARON.
Non Monsieur.

LE MARQUIS.
Comique ?

M. LE BARON.
Non.

LE MARQUIS.
Comment donc.

M. LE BARON.
Tenez, Monsieur, je suis le plus ignorant homme du monde, je ne sçais rien de tout ce que vous pouvez me demander, je vous jure. Mais voila Monsieur de Beauval qui vous dira le nom, le sujet, & tout ce que vous voudrez sçavoir. J'enrage, ce bourreau vient avec un air tranquille vous faire cent questions, sans s'informer si l'on a d'autres choses dans la teste ; allons Messieurs, allons viste nous habiller.

LE MARQUIS.
Monsieur de Beauval avez-vous là du Tabac ?

M. BEAUVAL.
Monsieur, j'en ay là le meilleur du monde.

LE MARQUIS.
Est-ce du gros.

M. BEAUVAL.
Non, Monsieur, c'est de l'Espagnol.

LE MARQUIS.

Fy, il n'eſt pas bon.

M. BEAUVAL.

Monſieur, j'en ſuis fâché.

LE MARQUIS.

Mais la tabatiere me paroiſt aſſez jolie.

M. BEAUVAL.

C'eſt une petite tabatiere d'or.

LE MARQUIS.

Elle eſt bien gravée.

M. BEAUVAL.

Monſieur, vous répandez tout mon tabac;

LE MARQUIS.

Ah ouy, ſçavez-vous bien que voſtre petit Monſieur Baron fait aſſez l'entendu.

M. BEAUVAL.

Luy,

LE MARQUIS.

Ouy, ouy luy; mais s'il avoit ouy dire ce que l'on diſoit de luy à la Cour, il rabattroit de ſa fierté.

M. BEAUVAL.

Oſerois-je vous demander ce que l'on en diſoit.

LE MARQUIS.

Qu'il n'eſtoit bon que pour la Farce, & ſi c'eſtoit un des gros Seigneurs de la Cour qui le diſoit ; mais effectivement ſes manieres ne me plaiſent pas. Il recite comme on parle dans une chambre.

M. BEAUVAL.

C'eſt dequoy je vous aſſure, tout le monde le louë.

LE MARQUIS.

Ce ſont des ignorans, Monſieur de Beauval, mais il a encore une aûtre choſe : Il parle comme on fait aujourd'huy, & ne diſtin-
gue point un Romain, un Turc, un Grec, ny
un Chreſtien ; il faut bien que les differens
caraĉteres....

M. BEAUVAL.

Mais, Monſieur, nous joüions toujours en
François.

LE MARQUIS.

J'en demeure d'accord, je le ſçais bien,
mais encore faut-il montrer, lors que par
exemple vous m'entendez bien. Monſieur de
Beauval vous avez de l'eſprit. Il faut lors
que l'on repreſente un Grec ou un Romain,
quoy que l'on parle François, il ne faut pas,
dis-je, laiſſer que de montrer qu'il luy en eſt
reſté quelque accent.

M. BEAUVAL.

En verité, Monſieur, cela eſt admirable-
ment bien dit.

LE MARQUIS.

Mais voila le fin, voila le fin cela ; & cependant les ſots paſſent legerement ſur ces

fortes de chofes fans s'y arrefter.
M. BEAUVAL.
Je vous affure, Monfieur , que je n'ay jamais rien entendu de fi beau. Monfieur , je
vous donne le bon jour.

SCENE XI.

LE MARQUIS, Mr BEAUVAL, PHILISTE, AMINTE, CLORIS.

PHILISTE.

LA Crofnier , la Crofnier.
LE MARQUIS.
Champagne.
PHILISTE.
La Crofnier.
LE MARQUIS.
Champagne.
PHILISTE.
Monfieur , Monfieur de Beauval?
CHAMPAGNE.
Que me voulez-vous.
M. BEAUVAL.
Que fouhaitez-vous de moy Monfieur.

LE MARQUIS.
Apporte-moy une chaife.
PHILISTE.
Monfieur, je vous demande pardon ; mais
voudriez-vous bien nous fervir de voftre cre-
dit pour eftre bien placez ?
M.-BEAUVAL.
Que fouhaitez-vous ?
PHILISTE.
J'ay là quatre Dames que je voudrois bien
voir placées dans quelqu'un de ces balcons.
M. BEAUVAL.
Pour des places , il eft impoffible, tout eft
retenu ; mais fi vous voulez une loge.
PHILISTE.
Combien faut-il ?
M. BEAUVAL.
Quatre Louïs.
PHILISTE.
Quatre Louïs ?
M. BEAUVAL.
Ouy Monfieur.
PHILISTE.
Mes Dames il n'y a point de places , tout eft
retenu, nous reviendrons une autre fois.
AMINTE.
Helas ! eft-il poffible.
CLORIS.
Quoy nous ne verrions point... Monfieur
de

de Beauval, eſt-il vray qu'il n'y a plus de places, que tout eſt retenu ?

M. BEAUVAL.

Madame, il eſt vray qu'il n'y a plus de place ; mais il reſte encore une loge de quatre Louïs.

PHILISTE.

Hé que ne parlez-vous. Eſt-ce l'argent, allons Meſdames.

M. BEAUVAL.

La Croſnier, conduiſez ces Dames.

LE MARQUIS.

Monſieur de Beauval, qui ſont ces Dames.

M. BEAUVAL.

Monſieur je ne les connois pas.

LE MARQUIS.

Mais à propos, dites-moy donc comment on nomme la Piece que vous allez joüer ?

M. BEAUVAL.

Monſieur on la nomme le Coquet trompé.

LE MARQUIS.

Le Coquet trompé. J'ay quelque idée de cela. Une Piece où il y a.... J'en ay ouy parler, où il y a de beaux vers.

M. BEAUVAL.

Non, Monſieur, elle eſt en Proſe.

LE MARQUIS.

Et ouy de la Proſe en Vers, c'eſt ce que je

voulois dire. Mais enfin c'eft Baron qui l'a
faite.

M. BEAUVAL.

Ouy Monfieur.

LE MARQUIS.

Juftement. Vrayment je fuis icy bien à
propos : Sans cela noftre amie eftoit prife
pour dupe. Il y a bien de l'imprudence de fon
cofté, elle devoit au moins me faire avertir ;
car il pouvoit fort bien arriver que je l'euffe
trouvé belle, & je l'aurois loüée comme un
fot. Ah parbleu l'Autheur & les Acteurs
n'ont qu'à fe bien tenir, vous allez voir beau
jeu.

M. BEAUVAL.

Comment donc Monfieur.

LE MARQUIS.

Comment ? on avoit prié ce petit vilain là
d'en faire une lecture chez cette perfonne
dont je vous parle, qui eft une femme de qualité, il l'avoit promis, & ne l'a point fait ;
mais on luy apprendra.....

M. BEAUVAL.

Hé, Monfieur, faut-il que pour fi peu de
chofe... Monfieur s'il ne vous refte nulle bonté pour luy, ayez de la confideration pour
toute noftre compagnie, je vous en conjure.

LE MARQUIS.

Mon pauvre Monsieur de Beauval, j'ay
toute l'estime...

M. BEAUVAL.

Je vous suis obligé.

LE MARQUIS.

J'ay toute la consideration.

M. BEAUVAL.

Monsieur, je vous remercie.

LE MARQUIS.

Qu'on puisse avoir pour vous.

M. BEAUVAL.

Vous me faites trop d'honneur.

LE MARQUIS.

Et je vous le prouveray.

M. BEAUVAL.

Ah! Monsieur, c'en est trop.

LE MARQUIS.

En toute autre occasion que celle-cy. Je
suis fâché de ne pouvoir faire ce que vous
souhaitez ; mais j'ay donné ma parole : car
enfin vous jugez bien que sans cela, il me
seroit fort indifferent que l'on la trouvast
bonne ou mauvaise ; premierement moy, je
ne viens point icy pour écouter, j'y viens
seulement pour y trouver du monde. Ecouter
une Comedie, cela n'est pas du bel air, si cela est bon au Parterre : Ah, ah, Cleante, te
voila donc icy aujourd'huy.

SCENE XII.

LE MARQUIS, CLEANTE.

CLEANTE.

Vous voyez.

LE MARQUIS.

Quel party prendrez-vous dans la Piece
qu'on va joüer.

CLEANTE.

Quel party ?

LE MARQUIS.

Ouy, la trouverez-vous bonne ou mauvaise ?

CLEANTE.

Parbleu voila une plaisante question.

LE MARQUIS.

Pas si plaisante que vous croyez.

CLEANTE.

Mais je la trouveray belle si elle est belle,
& mauvaise si elle est mauvaise.

LE MARQUIS.

Voila un grand sorcier, que de juger d'une
Comedie quand on l'a veuë. Il ne faut pas
estre bien habile pour cela , je ne connois

perſonne qui n'en fiſt bien autant ; mais pour
agir en habile homme, il faut faire comme
moy qui la trouve deteſtable , & morbleu
du dernier dereſtable , ſans en avoir veu la
moindre choſe.

CLEANTE.

Je vous avoüe que je n'ay pas vos lu‑
mieres.

LE MARQUIS.

Cleante, ſans nous amuſer icy à la baga‑
telle, je te prie d'en faire autant que moy,
de ne pardonner pas à la moindre choſe , bon
ou mauvais , n'importe , il faut attaquer
tout.

CLEANTE.

Dieu me garde de ſuivre de pareils avis.
Bien éloigné de les prendre , je vous jure
que ſi j'avois à pancher de quelque coſté ,
j'aimerois mieux loüer ce qui ne ſeroit que
mediocre, que de blâmer ce qui feroit bon.

LE MARQUIS.

Seigneur Ariſtote , toute voſtre Philoſo‑
phie ne ſervira de rien , & les Autheurs à qui
le ſiecle fait injuſtice, & qui ne manqueront
point de ſe trouver icy ; ces Meſſieurs, dis‑je,
& moy, nous ferons tant de bruit , qu'on
n'entendra ny tes applaudiſſemens , ny toy,
ny tes Acteurs.

CLEANTE.

Je vous en empefcheray , car je me vay
mettre tout feul au fond de quelque loge.

LE MARQUIS.

Tu n'y gagneras rien , nous te fuivrons
par tout.

SCENE XIII.

LE MARQUIS , CLEANTE,
Mr BEAUVAL.

M. BEAUVAL.

MEffieurs affeyez-vous , s'il vous plaift.

LE MARQUIS.

Va-t'on commencer.

M. BEAUVAL.

Monfieur , on va dancer & chanter une petite Bergerie, en attendant que les Acteurs
foient prefts.

CLEANTE.

Adieu Marquis.

LE MARQUIS.

Je te fuis.

SCENE XIV.

1ᵉ BERGER, 2ᵉ BERGERES;
UNE BERGERE.

1ᵉ BERGER.

CHoisissez parmy nous celuy qui merite le mieux vos faveurs ; mais Bergere ne nous faites point languir davantage.

2ᵉ BERGER.

Hé quoy ! ne trouvez-vous point de Berger parmy nous qui meritast le nom de voſtre époux.

LA BERGERE.

Ne me tenez plus ce langage,
Je seray toujours avec vous ;
Mais si vous craignez mon courroux,
Ne parlez plus de mariage,
A mon âge rien n'est si doux
Que les plaisirs charmans,
De souffrir des Amans
Sans choisir un époux.

1ᵉ BERGER.

Quel plaisir prenez-vous à voir des malheureux.

2e BERGER.

Ah Bergere ! la jeune Iris...

LA BERGERE.

La jeune Iris m'a rendu sage.
Les Bergers de ce Village
Ne luy parloient que d'amour :
Tous s'empressoient à luy faire la cour,
Elle a cessé d'estre cruelle,
Elle a fait un choix,
On ne la trouve plus si belle,
Et ces Bergers qui vivoient sous ses loix
L'abandonnent tous à la fois.

Fin du Prologue.

LE COQUET

TROMPE',

COMEDIE.

ACTEVRS.

M. MICHAUT..... Suiſſe.
LA VERDURE,
LA MONTAGNE, } Laquais.
LA FLEUR,
LA VIOLETTE, Laquais du Vicomte.
DU MONT... Griſon de la Marquiſe.
LE VICOMTE... Amant de la Marquiſe.
ERASTE..... Amant de la Marquiſe.
DORANTE..... Amant de la Comteſſe.
Mr DARCY... Eſcuyer de la Maiſon.
ARDOUIN,
ARCHAMBAUT, } Joüeurs.
LE MARQUIS de Meſſin.
LE CHEVALIER de Fontevieux.
LA MARQUISE.
LA COMTÉSSE.
DU LAURIER... Femme de Chambre de
la Marquiſe.
Mad. ARGANTE.
LE VENDEUR D'EAU DE VIE.
BENVILLE, Maiſtre à Dancer.

La Scene eſt dans une Salle baſſe de la maiſon de la Marquiſe.

LE COQUET
TROMPE',
COMEDIE.

ACTE PREMIER.
SCENE PREMIERE.

UN VENDEUR D'EAU DE VIE,
LA MONTAGNE , LA FLEUR,
LA VERDURE, LE SUISSE *endormy.*

LE SUISSE.

H, ah, ah.
LE VENDEUR.
Eau de vie , vie. Noix confites , eau de vie,
vie.

LE SUISSE.

De l'eau de vie ! parbleu, je vay me ré-
jouyr le cœur.

LE VENDEUR.

Hé le voila, le voila le Traitteur, Eau de
vie, vie, noix confites ; allons viſte, allons
viſte.

LE SUISSE.

Hay, hay, Brandevin ; hé apportes-moy de
l'eau de vie.

LE VENDEUR.

Qui eſt là ? qui m'appelle ?

LE SUISSE.

Viens icy.

LE VENDEUR.

Eſt-ce à vous ?

LE SUISSE.

Hé entre donc.

LE VENDEUR.

Vous m'avez penſé faire répandre toute
ma marchandiſe.

LE SUISSE.

Je voudrois t'avoir rompu la teſte. Il y a
deux heures que je t'appelle.

LE VENDEUR.

Qu'y a-t'il pour voſtre ſervice.

LE SUISSE.

Donne-moy...

LE VENDEUR.

LE VENDEUR.

Du Roſſoly.

LE SUISSE.

Non, je veux....

LE VENDEUR.

Des noix confites ?

LE SUISSE.

Non. Verſez-moy....

LE VENDEUR.

De l'Hipoteque, du Brandevin, de l'Eau de vie.

LE SUISSE.

Tien voila pour toy, moy je ne veux point tant de queſtions.

LE VENDEUR.

Il n'entend non plus de raiſon qu'un Suiſſe.

LE SUISSE.

Tu fais le railleur, attens-moy.

LE VENDEUR.

Oh ! jarnis, ny venez pas.

LE SUISSE.

Ah ! tu fais le méchant ? Tien, tien, gar-de-moy bien cela.

LE VENDEUR.

Au ſecours, je ſuis mort.

LA MONTAGNE *s'éveillant.*

On y va, on y va : Me voila, Monſieur, me voila, me voila, mon flambeau... Ah bon : ma canne, je la tiens. Porteurs, allons,

allons, allons viſte. Voila, Monſieur, où
allumeray-je mon flambeau ? Ah voicy de
quoy.... Ah.... ah..... Maiſtre Michaut
ouvrez la porte.

Il s'en dort. LE SUISSE.
Bon le voila par terre.

LE VENDEUR.
Je n'en puis plus.

LA FLEUR.
La Verdure, hay.

LA VERDURE.
La Fleur, allons, debout, voila Monſieur.

LA FLEUR.
Leve-toy donc te dis-je.

LA MONTAGNE.
On y va.

LE VENDEUR.
Ah! j'ay la teſte caſſée.

LE SUISSE.
Allons hé, apporte-moy de l'eau de vie.

LA MONTAGNE.
De l'eau de vie.

LA FLEUR.
De l'eau de vie !
Parbleu j'en ſuis.

LA VERDURE.
De l'eau de vie.
Apporte, apporte, j'en boiray bien auſſi.

LA MONTAGNE.
Ah Dieu vous gard ! Maiſtre Michaut.

LE SUISSE.
Bonjour la Montagne.

LA FLEUR.
Serviteur maiſtre Michaut.

LE SUISSE.
Serviteur.

LA VERDURE.
Je ſaluë Maiſtre Michaut.

LE SUISSE.
Oh ſerviteur à tous.

LA VERDURE.
Joüe-t'on encore là haut ?

LE SUISSE.
Non, ils ont tous quitté à ſix heures du matin.

LA FLEUR.
Où ſont nos Maiſtres ?

LE SUISSE.
Le voſtre eſt allé à Verſailles. Pour le voſtre je ne ſçais ce qu'il eſt devenu. Il eſt ſorty fort chagrin.

LA VERDURE.
Sans doute qu'il avoit perdu ſon argent.

LA MONTAGNE.
Que ne nous appelliez-vous ?

LE SUISSE.
Auſſi ay-je fait ; mais Diable-zot , point
D ij

de nouvelles vous dormiez ; & par ma foy je n'estois guere plus éveillé que vous.

LE VENDEUR.

Messieurs voulez-vous boire ou non ? Je ne gagne rien à demeurer icy.

LE SUISSE.

Allons donne, mais sur tout plus de questions. Beuvez Monsieur de la Montagne.

LA MONTAGNE.

Aprés vous.

LE SUISSE.

Je ne boiray pas le premier. La Verdure, tu es le plus prés, commence.

LA VERDURE.

Tien la Fleur.

LA FLEUR.

Tu le tiens, c'est pour toy.

LE VENDEUR.

Oh Messieurs, prenez, en voila pour trois.

LA MONTAGNE *en beuvant.*

Par ma foy voicy une étrange vie. Joüer la nuit, dormir le jour. Enfin...

LE VENDEUR.

Dépeschez-vous, je n'ay pas le loisir d'attendre.

LE SUISSE.

Que te faut-il ?

LA MONTAGNE.

Cela est fait.

LA FLEUR,

Je veux payer.

LA VERDURE.

Ce fera moy.

LE SUISSE.

Ce fera moy.

LA MONTAGNE.

Point du tout.

LA VERDURE.

Laiffez-moy donc.

LA FLEUR.

Non vous dis-je.

LA MONTAGNE.

Oh bien, pour nous accorder tous , joüons
à l'amoure à qui payera.

LA FLEUR.

Cela eft fait.

LA VERDURE.

Je le veux.

LA FLEUR.

Maiftre Michaut commençons vous &
moy.

LA MONTAGNE.

A nous deux la Verdure.

LA VERDURE.

C'a j'y fuis.

LE COQUET TROMPÉ,

LA MONTAGNE ET LA VERDURE.	M. MICHAUT ET LA FLEUR.
Trei	Nove
Quatre	Touti
Chinque	Otto
Touti	Sei
Sei	Quatro
Dou.	Nove
	Touti.

SCENE II.

Mr DARCY, LE SUISSE, LA MONTAGNE, LA FLEUR, LA VERDURE, LE VENDEUR D'EAU DE VIE.

Derriere le Theatre.

M. DARCY.

Qu'eſt-ce que j'entens là bas.

LE SUISSE.

Paix, paix, j'entens noſtre Eſcuyer.

LA MONTAGNE   M. MICHAUT
        ET   ET
LA VERDURE.   LA FLEUR.

Parlons bas.   Joüons plus douce-
  Recommençons.   ment, & nous auſſi.
Chinque   Quatre
Dou   Quatre
Trei   Dou
Sept.   Dou
                     Dou.

LA MONTAGNE.
  J'en ay deux.   Sept
LA VERDURE.   Otto
  Tu n'en as qu'un.   Nove
LA MONTAGNE.   Toutti.
  J'en ay deux.   Toutti.
LA VERDURE.   Toutti.
  Tu n'en as qu'un te dis-je.
        M. DARCY.
Meſſieurs les coquins ſi je me leve, vous
vous en repentirez.
        LE SUISSE.
Mordy, Meſſieurs, prenez donc garde à
ce que vous faites.
        LA MONTAGNE.
Vous avez raiſon. C'eſt luy auſſi qui me
vient chicanner.

LA VERDURE.

J'avois raiſon.

LA MONTAGNE.

Point du tout.

LA VERDURE.

Vien, je le quitte, la tricherie en reviendra
à ſon Maiſtre.

LE SUISSE.

Sur tout qu'on ne nous entende point.

LA MONTAGNE	M. MICHAUT
ET	ET
LA VERDURE.	LA FLEUR.

Dou	Sept
Quatre	Otto
Nove	Nove
Chinque	Nove.
Trei	**LE SUISSE.**
Tout	Oh Monſieur de la
Tout	Fleur vous avez joüé
Quatre	de l'épinette.
Quatre	**LA FLEUR.**
Quatro	Cela n'eſt point.
	LE SUISSE.
	Jugez-nous.

Quatre	LA FLEUR.
Toutti	Je n'ay que faire de
Chinque	Juge.
Nove	LE SUISSE.
Trei	Je ne payeray point.
Trei	LA FLEUR.
Quatre	Ny moy non plus.
Quatre.	LE SUISSE.
	Ny moy.

M. DARCY.

Un, dou, trei, quatre.　　*Les frapant.*

LA MONTAGNE.

Monſieur.

M. DARCY.

Coquin.

LA FLEUR.

Ah ! je ſuis mort.

M. DARCY.

Maraut.

LE SUISSE.

Monſieur je ſuis de la maiſon.

M. DARCY.

Je t'en donneray davantage.

LE VENDEUR D'EAU DE VIE.

Monſieur je n'en ſuis pas.

M. DARCY.

Tant pis pour toy.

LA MONTAGNE.

Maiſtre Michaut ouvrez la porte.

nouveauté ne vous déplaiſt pas.

LA MARQUISE.

En verité vous meriteriez que je vous fiſſe
dire vray.

LA COMTESSE.

Adieu ma chere Marquiſe ; il eſt temps de
ſe retirer , il n'eſt que quatre heures Madame,
cela ne vaut pas la peine d'en parler ; mais
vrayment c'eſt ſe moquer, il eſt preſque jour,
& deplus je ne vois point mes gens , mon
equipage n'eſt point icy.

DU LAURIER.

Hé ne vous ſouvenez-vous point Madame
que vous fiſtes dire hier au ſoir à voſtre cocher
qu'il ne revint point ; que vous coucheriez icy
afin d'aller aujourd'huy plus matin à la campagne : hé bien , par ma foy vous aviez raiſon. Vous n'avez pas eſté long-temps à vous
habiller , vous ſerez bien-toſt preſte , vous
n'avez qu'à partir.

LA MARQUISE.

En verité, Madame, je l'avois oublié.

LA COMTESSE.

J'ay fait la même choſe auſſi.

DU LAURIER.

Les bonnes teſtes que voila ! une bonne vie
par ma foy, Madame , c'eſt ſe moquer de
mettre comme cela tout le monde ſur les
dents. Trois nuits ſans ſe coucher , cela n'eſt-

il

il pas beau ? si vous sçaviez aussi les belles choses que cela fait dire de vous, si vous entendiez....

LA COMTESSE.

Du Laurier est en colere.

DU LAURIER.

Hé qui n'y seroit pas Madame ? Il y a trois jours que je ne me deshabille point.

LE LAQUAIS *à la Marquise.*

Madame fera-t'on avancer le carosse.

LA MARQUISE.

Non, qu'on oste les chevaux, je ne sortiray point. Mais du Laurier, je t'en conjure, dy moy un peu ce que l'on dit de nous.

DU LAURIER.

Ecoutez, il ne faudroit pas trop m'en presser.

LA COMTESSE.

Hé je t'en prie ?

DU LAURIER.

Oh vrayment, je sçay que les Dames de vostre caractere se mettent fort peu en peine de la maniere dont on parle d'elles, que ce soit en bien ou en mal, pourveu que l'on en parle cela suffit. Les hommes aujourd'huy gardent bien plus de mesures. Ils tâchent de sauver les apparences au moins ; mais vous autres vos plaisirs ne seroient point parfaits si tout le monde n'en estoit instruit, & si vous

n'y faisiez penser quatre fois plus de mal qu'il
n'y en a. Eh mort de ma vie, que ne joüez-
vous le jour, & que ne dormez-vous la nuit.
Vous faites tout le contraire ; eh croyez-vous
que vos domestiques , j'entens ceux qui sont
affectionnez comme moy ; croyez-vous, dis-
je, qu'il leur soit agreable d'entendre le len-
demain blâmer vostre conduite par ceux qui
ne meinent point un train de vie pareil au
vostre, & qui ne conçoivent point qu'il y ait
une espece de gens dans Paris à qui le Soleil
fasse peur ? Croyez-vous enfin qu'ils pensent
que c'est pour prier Dieu que vous passez
chez vous les nuits avec des hommes ? Qu'il
soit honneste de les voir entrer & sortir à
toute heure ? Ces gens ne disent point que
ces Messieurs n'y viennent que pour joüer
Lansquenet ; mais ils disent que vous ne
joüez Lansquenet que pour y faire venir
ces Messieurs : Et enfin, Madame, je vous
l'ay déja dit, vos domestiques n'y peuvent
plus resister , la plus grande partie veut quitter. Encore dans le temps qu'on leur laissoit
le profit des Cartes passe ; il est vray que l'on
fournissoit la bougie, le foin, l'avoine & la
paille, mais baste, on ne laissoit pas que de
s'y sauver encore ; mais je ne sçais quel mauvais exemple vous suivez aujourd'huy, &
tout à fait indigne d'une personne de qualité

comme vous, vous ne nous en laiſſez Dieu
mercy pas la moindre.....

LA MARQUISE.

Ah du Laurier ! voicy donc l'enclouëure.
Si tu ne nous avois point parlé des Cartes,
ta morale auroit pû faire quelque effet ; mais
à preſent...

DU LAURIER.

Ouy, ouy raillez, croyez-vous que vous
en ſerez mieux ? Il faudra bien tâcher de s'en
revancher d'ailleurs.

LA COMTESSE.

Mais, Madame, au lieu de nous amuſer
icy, ne ferions-nous pas mieux de nous aller
coucher ?

LA MARQUISE.

Hé, Madame, ne rentrons pas encore je
vous prie, aprés avoir eu le nez ſur des Cartes ; aprés avoir demeuré ſi long-temps ſur
une chaiſe, je trouve un plaiſir ſenſible à
prendre l'air que je reſpire icy.

LA COMTESSE.

Reſtons-y tant qu'il vous plaira, je le veux
bien.

DU LAURIER.

Et moy auſſi ; mais trouvez bon , moy,
que j'aille reſpirer ſur une chaiſe où je ne ſeray pas long-temps ſans dormir , vous me
réveillerez quand vous aurez beſoin de moy.

E ij

LA MARQUISE.

Je le veux bien, mais faites éveiller Dumont, & luy dites qu'il me vienne parler tout
à l'heure.

SCENE IV.

LA COMTESSE, LA MARQUISE.

LA COMTESSE.

EN verité Marquise, confessez de bonne
foy que du Laurier n'a pas tout à fait
tort; Que les exemples de plusieurs de nos
bonnes amies ne nous justifient point, &
qu'enfin un peu d'ordre dans la vie pourroit
n'en pas diminuer les plaisirs.

LA MARQUISE.

Ma chere Comtesse que vous me parlez
bien en femme qui voudroit encor vivre sous
les loix d'un époux. Je ne suivray pas voftre
exemple si je puis, & ce doit eftre assez d'a-
voir efté mariée une fois pour ne vouloir plus
l'eftre.

LA COMTESSE.

Je ne vous cele point que si de certaines
chofes arrivoient....

LA MARQUISE.

Je vous entens : C'est à dire que vous épou-
seriez Dorante si vostre oncle mouroit.

LA COMTESSE.

Mais croyez-vous qu'il soit permis de faire
de semblables jugemens.

LA MARQUISE.

Ne laissez donc point penser ce que vous ne
voulez pas qu'on vous dise.

LA COMTESSE.

Je serois au desespoir que Dorante eust
d'aussi bons yeux que vous.

LA MARQUISE.

Les personnes interessées sont pourtant
d'ordinaire plus penetrans que les autres dàns
ce qui les regarde. Hé croyez-moy, la premiere fois que je m'apperceus que Dorante
ne vous estoit pas indifferent, il devoit déja
sçavoir que vous l'aimiez.

LA COMTESSE.

Là dessus vous croirez tout ce qu'il vous
plaira. Ces choses sont si éloignées, le peu
de bien qu'il a, l'entestement de mon oncle
pour les grandes alliances sont des obstacles
si puissans....

LA MARQUISE.

La tendresse vient à bout de tout.

LA COMTESSE.

Si la tendresse est si puissante, comment

vous trouvez-vous affez forte pour y refifter,
jufques à jurer que vous ne vous remarierez
jamais.

LA MARQUISE.

Voulez-vous que je vous le dife en un mot,
c'eft que le feul homme du monde qui m'auroit pû tourner la cervelle là deffus, fe trouve pour le moins auffi coquet que je fuis coquette. Je ne m'accommode point du tout de
cela, & je veux l'eftre feule.

LA COMTESSE.

Cet heureux mortel qui vous plaift plus
qu'un autre, c'eft Erafte fans doute.

LA MARQUISE.

Je ne feray pas comme vous, & je vous
avouray de bonne foy que c'eft luy-mème.

LA COMTESSE.

Mais furquoy fondez-vous le jugement que
vous faites d'Erafte?

LA MARQUISE.

Je ne fuis, croyez-moy, que trop bien in-
formée, je luy ay deffendu de voir Dorimene, il la voit tous les jours, ou du moins je
le crois; car je ne puis plus m'affurer fur mes
Grifons, il les a tous mis en deffaut. Il eft
dans une perpetuelle deffiance qu'on ne le
fuive, & pour empefcher qu'il ne foit fuivy,
il entre tantoft dans une maifon qui a deux
iffuës; il laiffe fa chaife à la porte par où il

entre d'abord ; il fort par une autre, d'où il
va enfuite où il luy plaift. Lors qu'il revient,
il reprend fes porteurs à la premiere porte, &
mes Grifons font pris pour dupes.

SCENE V.

LA MARQUISE, LA COMTESSE, DUMONT.

DUMONT.

QU'eft-ce donc qu'il y a de fi preffé Madame, tenez Madame, voyez-vous, fi
vous ne me laiffez dormir tout mon fou, je
quitteray là le meftier.
LA MARQUISE.
Tu iras te recoucher dans un moment.
DUMONT.
Mais, me répondrez-vous, que je dormiray
auffi bien que je faifois tout à l'heure.
LA MARQUISE.
Non, mais je te réponds d'un bon foufflet
fi tu ne m'écoutes, as-tu trouvé un homme
inconnu pour cette lettre dont je t'ay parlé.

DUMONT.

Ouy.

LA MARQUISE.

L'a-t'il renduë.

DUMONT.

Ouy.

LA MARQUISE.

A elle-même.

DUMONT.

Ouy.

LA MARQUISE.

Qu'a-t'elle dit.

DUMONT.

Ouy.

LA MARQUISE.

Qu'a-t'elle répondu, tu dors.

DUMONT.

Elle a répondu que vous me laissiez aller
dormir s'il vous plaist.

LA MARQUISE.

Coquin.

LA COMTESSE.

Laissez-le en repos, Madame, en l'estat
où il est vous n'en tireriez pas une parole de
bon sens, va te coucher Dumont.

DUMONT.

Je vais donc rachever mon songe.

SCENE VI.

LA MARQUISE, LA COMTESSE.

LA COMTESSE.

C'Eſt quelque piege ſans doute que vous voulez tendre à ce pauvre Eraſte.

LA MARQUISE.

Vous l'avez deviné & d'une nature.

LA COMTESSE.

Vous en ſçavez beaucoup.

LA MARQUISE.

Rien n'eſt plus difficile à tromper qu'une coquette. Hé croyez-moy aujourd'huy., je le convaincray d'une maniere qu'il ne pourra pas s'en deffendre.

LA COMTESSE.

Et comment ferez-vous ?

LA MARQUISE.

Dorimene a receu une lettre aujourd'huy d'une perſonne inconnuë, & cette perſonne inconnuë, c'eſt moy. Je luy écris que pour s'aſſurer Eraſte entierement, ſi elle croit qu'il ait quelque tendreſſe pour moy, il eſt aiſé de luy faire voir mon attachement pour un autre que luy ; Que j'ay des rendez-vous tous les jours, où si l'on veut il sera aisé de me sur-prendre.

LA COMTESSE.

Je ne vois pas bien quelle est la fin de cette entreprise.

LA MARQUISE.

Le dénoüement vous éclaircira du reste.

LA COMTESSE.

Mais que voulez-vous faire du Vicomte qui vous aime à la folie, & qui vient chez vous tous les jours.

LA MARQUISE.

M'en divertir comme j'ay fait jusqu'icy ; c'est le seul bon party qui me reste dans la necessité où je me trouve de le souffrir conti-nuellement. La liberté que la perte de mon mary m'a fait recouvrer, ne m'a pas mise plus que vous à l'abry des persecutions de ma famille. On me laisse volontiers disposer des petites choses ; mais pour le mariage, si je ne passe sur les bien-seances que j'ay gar-dées jusques icy, il faudra que je l'espouse : ce sont leurs sentimens ; mais si je ne puis venir à bout de les en faire changer, j'espere que le Vicomte changera. Il me paroist déja bien rebuté de mes manieres.

LA COMTESSE.

Il est vray que vous le traitez d'une sorte

qui me fait apprehender que dans ce siecle,
où la politesse pour les Dames n'est pas dans
son éclat, il ne vous fasse quelque brusque-
rie, luy qui parmy les plus brutaux est le
plus brutal homme que j'aye jamais veu.

LA MARQUISE.

Il est vray que c'est un homme d'un caractere incomparable. Il tire des avantages
de tout. Il s'estoit d'abord mis en teste que
je l'aimois, parce que je ne l'avois point chas-
sé de chez moy, & commençoit déja à éten-
dre son empire, jusques à m'imposer de ne
voir plus de certaines gens que j'aime sans
comparaison mieux que luy, mais sa jalousie
pour mon Maistre à danser.

LA COMTESSE.

Ma foy Marquise, pour le Maistre à danser, si j'estois vostre amant & heureux, je ne
le souffrirois pas long-temps.

LA MARQUISE.

Ma foy il vaut mieux que tous tant qu'ils
sont. Il est bien fait, il sçait vivre, & je vous
jure qu'il a beaucoup d'esprit. Dernierement
en presence du Vicomte, en me montrant la
maniere dont il falloit tenir mes bras, il me
mit une lettre dans les mains, & cette lettre
s'est trouvée, s'il vous plaist, une declaration d'amour dans les formes. Je m'en dou-
tay d'abord, mais n'en estant pas assurée, je

ne pus point luy dire là deſſus ce qu'il eſtoit
bon de luy dire. D'ailleurs le Vicomte qui
eſtoit là n'eut pas peut-eſtre pris la choſe
d'un bon biais, & je crus que pour le coup
il falloit mieux me taire.

LA COMTESSE.

Franchement quand il n'y auroit pas eſté,
la curioſité eut tenu la place du Vicomte;
mais dites-moy, trouvez-vous que noſtre
converſation n'ait pas eſté aſſez longue, &
ne ſeroit-il point temps de nous aller jetter
ſur un lit.

LA MARQUISE.

Voulez-vous que je faſſe mettre les chevaux
au caroſſe, & que nous allions courir par Paris, nous ferons relever Dorante, & puis
nous nous moquerons de luy.

LA COMTESSE.

Non en verité Madame, je veux aller dormir, je n'en puis plus.

LA MARQUISE.

Quoy ſe coucher ſi-toſt.

LA COMTESSE.

Il eſt vray que cela crie vangeance. Allons
Madame, je vous prie.

LA MARQUISE.

Allons donc, Laquais, des flambeaux,
éclairez.

SCENE VII.

SCENE VII.

DORANTE, ERASTE, LA COMTESSE, LA MARQUISE.

LA MARQUISE.

MAis que vois-je ? Erafte.

LA COMTESSE.

Dorante ?

DORANTE.

En verité, Mefdames, voicy une exactitude qu'on ne peut affez admirer. Des Dames ne fe point faire attendre !

LA MARQUISE.

Ah, ah, ah, ah.

ERASTE.

Que veut donc dire cecy Madame, pourquoy riez-vous ?

LA MARQUISE.

Comteffe. Ah, ah, ah, ah !

DORANTE.

Madame, n'auray-je point une meilleure réponfe ?

LA COMTESSE.

Dorante, nous allons nous coucher. Nous

avons paſſé la nuit à joüer, & nous ne ſom-
mes point en état de partir. Adieu, venez
donc Marquiſe.

ERASTE.

Hé bien Dorante, n'avois-je pas raiſon,
quand je vous ay dit qu'elles n'iroient point
à la campagne.

LA MARQUISE.

Quand avez-vous parlé ſi juſte Eraſte?

ERASTE.

Tout à l'heure Madame. Dorante a paſſé
chez moy pour me prendre.

LA MARQUISE.

Vous l'attendiez tranquilement.

ERASTE.

Madame.

LA COMTESSE.

Eh Madame, que cherchez-vous.

LA MARQUISE.

Je n'aurois rien cherché, Madame, ſi Eraſte
le premier eſtoit allé prendre Dorante.

ERASTE.

Mais quoy toujours....

DORANTE.

En verité Madame, c'eſt un peu viſte.

LA MARQUISE.

Adieu Dorante.

LA COMTESSE.

Adieu.

SCENE VIII.

ERASTE, DORANTE.

ERASTE.

QUe puis-je donc penser de ce que je vois.
DORANTE.
Que vous ménagez fort mal l'esprit de la
Marquise.

ERASTE.

Que toutes ces formalitez commencent à
me lasser ? En verité je ne voudrois point de
fortune à ce prix, tout gueux que je suis, je
prefere ma liberté au chagrin d'essuyer de
semblables caprices, & peut-estre en pour-
rois-je trouver quelqu'une qui ne seroit pas si
difficile, si je n'aimois aussi ardemment que
je fais.

DORANTE.

Mon cher Eraste cette confiance t'abusera,
c'est sur elle que ta negligence se fonde, tu te
rends avare de tes soins ; tu n'étudies point
assez les personnes à qui tu veux plaire, &
tout cela ne vient que pour vouloir entretenir
trop d'affaires à la fois. Je suis vostre amy

dés long-temps , & je sçais assez tout ce que
vous faites pour pouvoir vous parler comme
je fais. La Marquise est adroite , elle vous aime, elle est jalouse,& ne sera pas long-temps
sans découvrir vostre commerce avec Dorimene.

ERASTE.

N'estant sceu que de vous Dorante, je suis
bien seur qu'avec les soins que j'y prendray,
la Marquise ne soupçonnera rien. Enfin je ne
puis pas faire autrement. Je ne suis pas riche,
je veux rétablir mes affaires , & malgré mon
amour je ne le puis qu'en me mariant.

DORANTE.

Et voulez-vous à la fois épouser la Marquise & Dorimene.

ERASTE.

Non , mais je veux ménager Dorimene en
cas que la Marquise me refuse.

DORANTE.

Vous vous y tromperez. Mais st , retirons-
nous , je vois ce fou de Vicomte.

SCENE IX.

LE VICOMTE, M. DARCY, LA VIOLETTE.

LE VICOMTE.

AH qu'eſt-ce cy donc ? déja partis? Monſieur Darcy hola , Monſieur Darcy, Monſieur Darcy ?

M. DARCY.

Monſieur ?

LE VICOMTE.

Hay la Violette , la Violette !

LA VIOLETTE.

Monſieur.

LE VICOMTE.

Hé bien Monſieur Darcy , on va donc à la campagne ſans moy ?

M. DARCY.

Monſieur...

LE VICOMTE.

Comment vous portez-vous ? on ne ſonge guere à moy icy. Mettez-là voſtre main. Mais je leur apprendray. Qu'a-t'on fait cette nuit , a-t'on joüé? Qu'il faut traiter les gens. Qui eſt venu icy ? autrement qu'on ne fait. Vous avez là une belle Perruque. Je ſuis las

F iij

d'en souffrir. Quelle heure est-il ? on me pous-
se un peu trop. Que dites-vous ? hen ? plaist-
il ? ne perdons point de temps. N'a-t'on point
envoyé chez moy ? Il faut que je les cherche,
on n'avoit gardé de me mettre de la partie.
Que je les trouve. Le Maistre à dancer en est,
en quelque endroit qu'ils soient je les décou-
vriray.

M. DARCY.

Monsieur ils ont passé la nuit.

LE VICOMTE.

La Violette, hay la Violette, morbleu va
sceller un cheval. Monsieur Darcy j'enrage,
faites-moy un plaisir, à moy ? Va voir s'il n'y
a point de lettres à la Poste. Testebleu que
vous disois-je tout à l'heure ? hay, mon Tail-
leur m'a-t'il apporté un habit ? me traiter de
la sorte. Hem, que dites-vous de cecy. Ils
verront ce que c'est. As-tu ma tabatiere ? que
se joüer. Ay-je un laquais là ?

M. DARCY.

Malepeste du fou.

LE VICOMTE.

Tu ne me répons pas.

LA VIOLETTE.

Vostre tabatiere est à la porte, vostre laquais est.... que diable.

LE VICOMTE.

Va sceller mon cheval.

Fin du premier Acte.

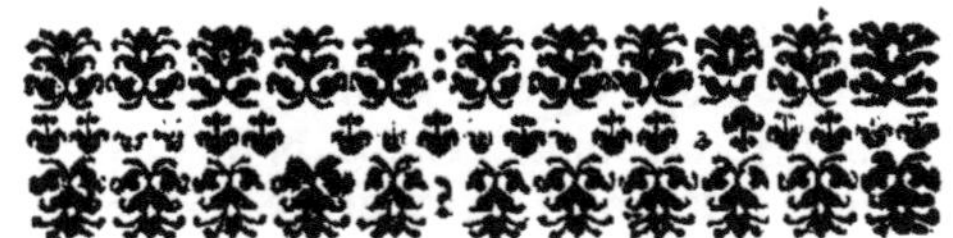

ACTE II·
SCENE PREMIERE.
DU LAURIER, UN LAQUAIS.

DU LAURIER.

PICARD, dites bien au Portier que Madame n'y eſt point pour qui que ce ſoir.

LE LAQUAIS.
C'eſt aſſez.

DU LAURIER.
Allez enſuitte voir ſi ſon boüillon eſt preſt.

PICARD.
Comment donc, eſt-ce qu'on ne dînera pas bien-toſt.

DU LAURIER.
Va-t'en raiſonneur, & fais-viſte ce que l'on te dit.

PICARD.
J'aurois pourtant bien plus d'envie de man-
ger que de raisonner.

SCENE II.

ERASTE, DU LAURIER.

DU LAURIER.

HE' comment donc vous voila icy ?
ERASTE.
Ouy m'y voila assurément. Où est Ma-
dame.
DU LAURIER.
Elle vient de sortir tout à l'heure.
ERASTE.
Je viens de voir son carosse dans l'autre
cour.
DU LAURIER.
Elle est sortie en chaise à cause d'un mal de
teste qu'elle croyoit avoir.
ERASTE.
Assurément.
DU LAURIER.
Assurément. Mais à propos elle est fort fâ-
chée contre vous.

ERASTE.

J'ay peut-eftre plus lieu d'eftre fâché con-
tre-elle. Mais laiffons-là mes fujets de chagrin,& m'apprens ceux que je luy ay donnez.

DU LAURIER.

Oh vrayment ouy, hé le moyen que je vous
le dife. Ma foy tout cela eft trop fçavant pour
moy. Que vous diray-je, vous vous eftes levé le dernier, vous n'avez pas efté chez Dorante le premier, enfin que diantre fçay-je,
j'eftois fi endormie que je ne comprenois
rien à toutes ces delicateffes pour les entendre comme elle , il faut eftre bien éveillée au
moins.

ERASTE.

Du Laurier , elle impofe des loix qu'elle
n'obferve pas toujours.

DU LAURIER.

Ecoutez. Je ne cherche pas trop à la deffendre , & comme nous autres malheureufes
nous ne trouvons à nous vanger de leurs
mauvaifes humeurs , qu'en difant tout bas
d'elles ce qu'elles difent tout haut de nous.
Croyez que je ne manquerois pas une fi belle
occafion de déchirer fa reputation , fi je trou-
vois par où le faire : Mais ma foy la chofe feroit trop difficile. Que peut-on dire d'elle ?
qu'elle fe leve quand les autres fe couchent ,
& par confequent qu'elle dîne lors que les

autres foupent, qu'elle n'a pas la plus grande regularité du monde à payer fes gens ny
les autres, qu'elle n'aime perfonne, qu'elle
eft ravie que tout le monde l'aime, qu'elle ne
peut fouffrir que l'on louë quelqu'un devant
elle, qu'elle eft coquette, injufte, railleufe,
avare, médifante ; mais enfin vous voyez
que de femblables bagatelles n'authorifent
point un Amant aujourd'huy à rompre avec
fa maiftreffe, ou bien il faudroit que les Meffieurs cherchaffent un autre climat où les Dames fuffent autrement qu'elles ne font icy.

ERASTE.

Je te feray voir avant qu'il foit vingt-quatre
heures, que ta maiftreffe a des qualitez que
tu ne luy connois pas encore, qu'elle fçait
donner des rendez-vous, & qu'aujourd'huy à
cinq heures elle fe doit rendre aux Thuilleries dans l'allée des foupirs. Je te prie ne parle point de ce que je te dis, je t'en ay fait con-
noiftre plus que je ne voulois, tu m'ofterois
le plaifir de la convaincre, & tu te priverois
de celuy d'eftre perfuadée de tout ce que tu
viens d'entendre.

DU LAURIER.

Oh, Monfieur, ne craignez rien, je fçais ce
qu'il faut faire, & fi tout le monde n'eftoi
affez inftruit de tout ce que je vous ay dit de
ma maiftreffe, je ferois encore à en ouvrir la
bouche.

ERASTE.

Adieu.

D'U LAURIER.

Monfieur je fuis voftre fervante.

SCENE III.

DU LAURIER.

C'Eſt un terrible noviciat pour un jeune homme que d'aimer ma maiſtreſſe. Il faudroit qu'il en ſceut beaucoup, s'il n'apprenoit rien avec elle. Pour moy il m'eſt impoſſible de concevoir comment elle peut faire tant de choſes à la fois, & comment tant d'ordre peut s'accorder avec tant de deſordre. Le temps qu'elle a eſté ſans dormir ne l'a pas empeſché ce matin d'envoyer un Griſon aprés Eraſte pour voir ce qu'il deviendroit. Elle m'a demandé déja plus de quatre fois depuis un quart-d'heure qu'elle eſt levée, s'il n'eſtoit point revenu : Mais le voicy tout à propos.

SCENE IV.

DUMONT, DU LAURIER.

DU LAURIER.

HE' bien Dumont, quelle nouvelle?

DUMONT.

Ah ma foy pour le coup Eraste est pris pour duppe ; je sçay tout ce qu'il a fait aujour-d'huy, il croyoit m'attraper comme à son ordinaire, lors que laissant ses porteurs à une porte, & sortant par une autre.... Mais je vais en instruire Madame, il est juste qu'elle sçache tout cecy avant toy.

DU LAURIER.

Demeure, je la vois qui descend.

SCENE IV.

LA MARQUISE , DUMONT, DU LAURIER.

LA MARQUISE.

DUmont, qu'eſt-ce, n'as-tu point mieux fait que les autresfois, auras-tu pris, comme tu dis toujours, bien des peines en vain , & n'auras-tu rien à me dire de plus poſitif.

DUMONT.

Oh pour le coup, Madame, je croy que vous ſerez contente de moy ; & par ma foy j'ay aujourd'huy eſté plus fin qu'Eraſte, à ſept heures du matin à ſa porte pour ne le point manquer , à neuf heures j'en ay veu ſortir ſon laquais, & je me ſuis aviſé de le ſuivre au lieu du maiſtre , ce qui m'a aſſez bien reüſſi ; Il eſt venu prendre des porteurs ſur la place à qui il a dit d'aller trouver ſon maiſtre à ſon logis. Il ne lés a point ſuivis ny moy non plus. Il a eſté enſuitte dans une autre place arreſter d'autres porteurs qu'il a

G

fuivis & moy auffi. Nous avons tous attendu
de compagnie qu'Erafte, qu'ils attendoient,
les foit venu prendre ; il eft arrivé par une de
ces maifons qui ont deux iffuës ; il a apparem-
ment laiffé les premiers porteurs à la premiere porte, & s'eft mis en chemin avec ceux-cy.
Nous eftions pour lors au Faux-bourg faint
Germain, d'où nous avons enfilé le Pont-
neuf, delà à la Croix du tiroir, où nous
avons eu beaucoup de peine à paffer, à caufe
d'un de mes amis à qui on faifoit faire peni-
tence pour de petits larcins, à quoy il fe di-
vertiffoit la nuit ; en fuite nous avons gagné
par la ruë des Prouvelles, puis par ces petites
ruës qui font vers l'Hoftel de Bourgogne, attendez je ne me fouviens plus du chemin que
nous avons tenus. Revenons au Pont-neuf,
je vous meneray par un chemin bien plus
court.

LA MARQUISE.

Ah finis, je t'en prie, je n'ay que faire du
chemin, fçais-tu feulement le quartier, la ruë,
le nom de la perfonne chez qui il a efté ?

DUMONT.

Hé que diantre ne parlez-vous ? c'eft là
juftement ce que j'ay le mieux retenu, le quartier... pour le quartier n'importe, mais la ruë
c'eft... Ouais, ou diable eft donc ma memoi-
re. Je voudrois bien auffi avoir publié le

nom de la perſonne, oh pour celuy-là je le
tiens. C'eſt... attendez, Madame, je recon-
noiſtray bien le viſage du Crocheteur qui me
l'a dit, ſi je le rencontre.

LA MARQUISE.
Oſte-toy d'icy maraut, tu ne ſeras jamais
bon à rien.

DU LAURIER.
Mais Eraſte, Madame, vient de ſortir d'icy.

LA MARQUISE.
Hé que vous a-t'il dit.

DU LAURIER.
Qu'il avoit bien plus de ſujet d'eſtre fâché
contre vous, que vous n'aviez de l'eſtre contre luy ; car je luy ay dit que vous eſtiez fort
en colere. Il venoit pour voir ſi vous eſtiez au
logis, plus que pour vous voir à ce qu'il m'a
paru.

LA MARQUISE.
Ne t'a-t'il rien dit davantage.

DU LAURIER.
Pardonnez-moy ; mais je me ſuis engagé
de n'en point parler.

LA MARQUISE.
Je voudrois bien voir en verité que vous me
celaſſiez quelque choſe à moy. Oh je vous
prie moy de ne pas tarder davantage à m'en
inſtruire.

DU LAURIER.

Mais, Madame, s'il vient à sçavoir que je vous ay découvert ce qu'il m'avoit prié de vous taire, il ne manquera pas, pour se vanger de vous, car les hommes sont si méchans! Il ne manquera pas, dis-je, d'inventer mille faussetez ; que sçay-je, s'il vous alloit dire que j'ay mal parlé de vous.

LA MARQUISE.

Je ne le croiray point ; mais dépeschez-vous de m'apprendre ce que je veux sçavoir.

DU LAURIER.

Mais, Madame, il ne m'a pas bien expliqué la chose : Il m'a seulement parlé d'un rendez-vous des Thuilleries de l'allée des Soupirs.

LA MARQUISE.

En voilà plus que je n'en voulois sçavoir. Là du Laurier ne perdons point de temps, prenez un de mes habits, chauffez-vous le plus haut que vous pourrez, vous estes presque aussi grande & aussi menuë que moy ; prenez une écharpe, un loup.

DU LAURIER.

Pourquoy donc tout cela Madame.

LA MARQUISE.

Vous le sçaurez. Approche icy, miserable, je te défie de rien gaster, car tu n'auras qu'à te taire ; va-t'en au plus viste à la friperie, cherches-moy un juste-au-corps doré, une

perruque, des gants ; enfin mets-toy le plus
proprement que tu pourras.

DUMONT.

Madame, je n'ay que faire d'aller à la friperie pour cela. J'ay un Valet de chambre de
mes amis qui me donnera toute mon affaire.

LA MARQUISE.

Ces habits te seront-ils propres ?

DUMONT.

Ce seront les habits de son Maistre qu'il
me donnera, nous sommes tous deux à peu
prés de mesme taille, c'est l'homme du monde le mieux fait.

LA MARQUISE.

Va donc, & ne t'amuses point.

DUMONT.

Je suis icy dans un moment.

SCENE V.

LA MARQUISE, DU LAURIER.

LA MARQUISE.

DU Laurier, il n'y a point de temps à
perdre : Dépeschez-vous de faire ce que
je vous ay dit.

DU LAURIER.
Je feray prefte en un moment.
LA MARQUISE.
Vous ne fçauriez l'eftre trop promptement.

SCENE VI.

LA COMTESSE, LA MARQUISE.

LA COMTESSE.

JE ne vous croyois pas feule icy Madame, je m'eftois amufée à écrire là haut quelques lettres que j'aurois bien remifes à une autre fois.
LA MARQUISE.
Et moy, Madame, j'aurois efté vous retrouver, fi l'on ne m'eut dit que vous eftiez empefchée ; mais finiffons ces complimens, je vous prie, & fongeons un peu à ce que.... à quoy pafferons-nous cette aprefdînée. Que voulez-vous que nous devenions Madame.
LA COMTESSE.
Qui moy Madame ? ne fçavez-vous pas que je fuis toujours d'accord de tout.
LA MARQUISE.
Tant pis , car vous oftez continuellement

le plaifir que l'on auroit à vous marquer
quelque complaifance, & je croy qu'à tout
cela il y a plus d'orgueil que de merite. Vous
voulez que l'on vous doive tout, & vous ne
voulez rien devoir aux autres.

LA COMTESSE.

Oh vrayment vous me croyez bien plus
habile que je ne fuis.

LA MARQUISE.

Pour montrer que cela n'eft pas tout-à-fait
comme je le dis , prononcez donc aujour-
d'huy à quoy nous pafferons l'aprefdînée.

LA COMTESSE.

Voulez-vous que nous faffions quelques
vifites, allons voir cette bonne Madame Argante qui vient icy joüer tous les jours.

LA MARQUISE.

Qui, cette folle ? ah mon Dieu, non.

LA COMTESSE.

Allons chez Ifabelle.

LA MARQUISE.

Encore pis.

LA COMTESSE.

Allons... ah qu'eft-ce que je vois ! Du Laurier quel équipage eft-ce cy.

SCENE VII.

LA MARQUISE, LA COMTESSE, DU LAURIER.

DU LAURIER.

J'En suis tout aussi sçavante que vous.

LA MARQUISE.

Bon, voila qui va bien.

LA COMTESSE.

Ne pourray-je sçavoir...

LA MARQUISE.

Vous sçaurez seulement que ce sont là des Suisses de la lettre dont je vous ay parlé ce matin.

LA COMTESSE.

Je meurs d'envie de voir la fin de tout ce-cy. Ah justes Dieux, c'est bien pis, Monsieur Dumont ! Il entre donc dans ce mistere.

LA MARQUISE.

C'est nostre premier Acteur. Oh ç'a, sans nous amuser d'avantage, écoutez tous deux en deux mots tout ce que vous avez à faire. Prenez chacun une chaise, vous par un chemin, vous par un autre, rendez-vous tous

deux. dans l'allée des Soupirs aux Thuilleries.
Tu n'as point de manteau.

DUMONT.

Vous ne m'avez point dit d'en prendre un.

LA MARQUISE.

Je te le dis donc. Envelope-toy le visage dedans, & vous ne vous demasquez point. Il
n'est pas mal de laisser voir quelquefois le bas
de ton juste-au-corps ; ne cachez pas non
plus vostre robbe de chambre, quand vous
aurez fait seulement un tour ou deux dans
l'allée, vous sortirez par la porte de la Ter-
rasse où vous trouverez un carosse ; vous
monterez dedans, vous serez quelques tours
par la Ville, & puis vous reviendrez icy.

DU LAURIER.

Reposez-vous sur moy, tout cela sera comme vous l'avez dit.

LA MARQUISE.

Ecoutez au moins , si par hazard Eraste
n'estoit pas aux Thuilleries, demeurez-y plus
long-temps que je ne vous ay dit ; car il est
absolument necessaire qu'il vous voye.

DU LAURIER.

Je n'y aurois pas manqué Madame.

LA MARQUISE.

Adieu donc , allez vous en.

SCENE VIII.

LA MARQUISE, LA COMTESSE.

LA MARQUISE.

HE' bien Madame, enfin que ferons-nous ?

LA COMTESSE.

Pour la feconde fois tout ce que vous vou-drez, vous ne voulez point faire de vifites.

LA MARQUISE.

Le beau regal.

LA COMTESSE.

Voulez-vous venir à l'Opera ?

LA MARQUISE.

Ah Dieu m'en garde : Il me fatigue à mou-rir ; au moins je ne dis cela qu'à vous, car ce feroit un crime d'en dire autant dans le mon-de. Je fçay qu'il eft du bel air de faire l'ado-rateur de la Mufique, & je fçais un de nos bons amis âgé de foixante ans, qui derniere-ment me vint dire tres-ferieufement, que dans peu il efperoit fçavoir folfier. Pour moy, quoy que fort jeune, l'on m'ait bercée de Mufique, que l'on me l'ait fait apprendre

avec soin , je vous jure que ie n'ay pû aux
dépens du bon sens & de la maison entendre
tous ces Heros me parler de leurs malheurs
en chantant.

LA COMTESSE.

Oh finissons cette matiere , nous entrerions
dans une dissertation d'où nous ne sortirions
pas aisément. Dites-moy , la Comedie Ita-
lienne vous plaist-elle mieux ?

LA MARQUISE.

Il faudroit estre folle. Il n'y a ny rime ny
raison à tout ce qu'ils font.

LA COMTESSE.

Et les François ?

LA MARQUISE.

Selon. Il y a bien des choses à dire là dessus ; ils ont si peu de bons Autheurs , & l'on
sçait les pieces de Corneille & de Racine par
cœur.

LA COMTESSE.

Oh bien , Madame, demeurez donc chez
vous , puisque vous ne prenez de plaisir en
aucun endroit.

SCENE IX.

LA COMTESSE, LA MARQUISE, PICARD.

PICARD.

MAdame, voila un Monsieur le Marquis dont le nom est difficile comme tout, à qui on a dit que vous n'y estiez pas ; s'il en vient quelqu'autre, voulez-vous qu'on dise toujours de mesme ?

LA MARQUISE.

Non, à present que l'on laisse entrer tout le monde.

LA COMTESSE.

Je vois bien que nous allons passer le reste de la journée à jotier à nostre ordinaire au lansquenet.

LA MARQUISE.

Ouy, pourveu qu'il nous vienne du monde.

LA COMTESSE,

Ah ! vous estes bien seure de n'en pas manquer.

LA MARQUISE.

LA MARQUISE.

Je répondrois bien de Dorante.

LA COMTESSE.

Et moy d'Erafte.

LA MARQUISE.

Pas tant que vous croyez. Il a bien des affaires à prefent. Hé bien ? que vous avois-je
dit ? n'entens-je pas Dorante ?

SCENE X.

**LA MARQUISE, LA COMTESSE,
DORANTE.**

DORANTE.

OUy, Madame, c'eft moy. Voicy un de
vos adorateurs qui me fuit, voftre Maî-
tre à dancer.

LA MARQUISE.

En verité Dorante vous eftes fou. Ne vous
avifez pas d'aller faire ces mauvaifes plaifan-
teries là par la Ville, cela me facheroit.

DORANTE.

Quoy, Madame, vous apprehenderiez
qu'on ne crût....

H

LA MARQUISE.

Eh mon Dieu l'on croit tous les jours des
choſes bien plus impoſſibles.

SCENE XI.

LA MARQUISE, LA COMTESSE,
DORANTE, BENVILLE.

BENVILLE.

Madame, je vous donne le bon jour.

LA COMTESSE.

Ah ! Monſieur de Benville, vous avez du
deſſein aujourd'huy. Quelle magnificence
Madame, le beau nœud d'épée ! cela vient de
chez le Gras ou de chez l'Aigu.

BENVILLE.

Madame, je ne ſçais pas où l'on l'a pris,
je n'en achette jamais.

LA COMTESSE.

Mais, Madame, regardez donc, que les ru-
bans en ſont bien choiſis. Il eſt ſans doute
fait par les mains de l'amour.

BENVILLE.

Madame....

LA MARQUISE.

Hé bien Monſieur de Benville , dancerons-
nous aujourd'huy.

BENVILLE.

Madame , nous ferons tout ce qu'il vous
plaira.

LA MARQUISE.

En verité je ne ſuis guere en humeur de dancer , mais il faut ſe forcer ; car ſi je ne dançois
pas , je voy bien qu'il ſe fâcheroit. Allons
Monſieur.

BENVILLE.

Que voulez-vous dancer Madame ?

LA MARQUISE.

Ah ! je vous prie , rien que le Menuet.

BENVILLE.

Allons donc , dançons un Menuet. La, la,
la , la, la , la , la , la que n'aimez-vous ta
lera, ta la, la , &c. Il y a trop d'indifference
dans vos manieres, Madame, la,la,la,la,la,la,
la, la, la, la, la, la, la, la, &c. Regardez-moy
un peu Madame, comme ſi vous danciez avec
quelqu'un qui ne vous déplut pas. La, la, la,
la, la, la, la, la, la , &c. Vos yeux ne ſont
point aſſez tendres Madame.

LA COMTESSE.

Comment donc, Monſieur , a t'on beſoin
de tendreſſe dans les yeux pour bien dancer?

BENVILLE.

Madame, on ne dance que pour plaire ; & des yeux qui ne disent mot font rarement parler des cœurs. La, la, la, la, la, la, la, la, &c. Allons, Madame, souvenez vous de ce que je vous dis. Regardez-moy comme je vous regarde. La, la, la, la, la, la, &c.

LA MARQUISE.

Oh en voila assez pour aujourd'huy.

DORANTE.

Mais, Monsieur, il me semble que vous ne luy avez parlé que d'yeux, que de tendresses, que de cœurs, & vous ne vous attachiez point comme les autres font, à ces bras, à ces jambes, aux mouvemens de son corps.

BENVILLE.

Le cœur est le maistre de tous les autres mouvemens, & j'ay remarqué toute ma vie, que les personnes qui sçavent bien aimer dancent mieux que les autres.

LA COMTESSE.

Oh pour cela non, s'il vous plaist, & j'en ay veu, qui pour aimer leur maistre mesme, n'en dançoient toutefois pas mieux.

SCENE XII.

LA MARQUISE, LA COMTESSE, LE VICOMTE, DORANTE, BENVILLE.

LE VICOMTE.

AH, ah, voicy bonne compagnie Madame, je vous donne le bon soir. Hé Laquais, bon jour Dorante, remene mon cheval. Hé voila aussi mon petit Maistre à dancer; courage, Madame, cela va fort bien. Je vous avois prié Madame; Vrayment mon petit amy je vous apprendray... Vertubleu, qu'est-ce que tout cecy, il n'y manque plus qu'Eraste, il se fait bien attendre aujourd'huy. Madame avec vostre permission, Laquais faismoy monter un de mes gens.

LA MARQUISE.

Benville, allez vous-en, ne vous exposez point aux brusqueries de ce fou.

BENVILLE.

Adieu Madame.

SCENE XIII.

LA MARQUISE, LA COMTESSE, LE VICOMTE, DORANTE.

LA MARQUISE.

EN verité Monsieur le Vicomte, sçavez-
vous que je suis fort lasse de toutes vos
extravagances, & que vous m'obligeriez à la
fin de vous faire quelque compliment qui ne
vous plairoit pas. De quel droit, s'il vous
plaist, venez-vous icy vous plaindre des choses que l'on fait ? si quelque chose vous y
gesne, il est si aisé de vousen délivrer.

DORANTE.

Je suis ravy qu'elle ait eu la force de luy
parler une fois comme elle doit.

LA COMTESSE.

Il ne s'attendoit pas à un pareil compliment.

LE VICOMTE.

Madame, Madame, ne poussez pas les choses si avant, & ne commencez pas la premiere, il est vray que je sens pour vous ; mais
enfin la consideration que vostre famille a

pour moy, vous allez vous promener... Non,
n'ayez point peur que je m'en prevale, je vay
vous chercher : J'ay deffendu plus de vingt
fois à ce petit fat de Maiſtre à dancer ; enfin
je ne vous ay pû joindre... s'il luy arrive jamais...

LA MARQUISE.

Et moy je veux qu'il y ſoit tous les jours.
Vrayment je vous trouve encor bien plaiſant;
mais finiſſons un peu tout cela, je vous prie,
& ne donnons point la Comedie à toute la
Ville.

LE VICOMTE.

Cela eſt fait Madame, ce petit inſolent, je
vous en répons, je me tairay.

LA MARQUISE.

Vous m'obligerez.

UN LAQUAIS.

Le Marquis de Meſſin, & le Chevalier de
Fontevieux, Madame, fera-t'on entrer?

LA MARQUISE.

Ah grand Dieu ! qui m'ameine icy ces ex-
travagans.

DORANTE.

En verité, Madame, j'ay oublié de vous
dire qu'ils me prierent hier inſtamment de
vous obliger à ſouffrir qu'ils vinſſent vous
faire la reverence, & joüer chez vous au
lanſquenet.

LA MARQUISE.
Ecoutez Dorante , pour l'amour de vous je
le veux bien. Qu'ils entrent , mais ils vont
faire icy cent extravagances.

DORANTE.
Madame ce sont de jeunes gens de la Cour
à quoy il est bon de ne pas prendre garde.

SCENE XIV.

LE MARQUIS, LE CHEVALIER,
LE VICOMTE , LA MARQUISE,
LA COMTESSE, DORANTE.

LE MARQUIS.

Madame, que j'ay d'obligation à Dorante , je vous assure qu'il y a mille ans
que je souhaitois le bon-heur qui m'arrive aujourd'huy.

LA MARQUISE.
Monsieur vous n'aviez besoin de personne
pour cela , & vostre nom suffit pour vous faire ouvrir toutes les portes.

LE CHEVALIER.
Pour moy, Madame, en verité , je vois bien

que je connois trop que de l'heure qu'il eſt il
ſeroit difficile, ou pour mieux dire preſque
impoſſible, & je vous le dis de tout mon
cœur; car enfin on vous a dit le premier ce
que je penſois avant perſonne du monde.

LA MARQUISE.

Meſſieurs, en verité il n'y a rien de mieux
dit, de mieux fait, rien n'eſt ſi charmant que
toutes vos manieres; mais les beaux diſcours
m'épouventent,

LE CHEVALIER.

Oh pour le coup, Madame, il faut l'avoüer
tout net, cela ſaute aux yeux, & de l'heure
qu'il eſt tout le monde connoiſtra, tout le
monde verra que vous eſtes dans voſtre tort;
ſi les beaux diſcours vous épouventent, je
vous le dis de tout mon cœur, vous devriez
eſtre épouventée de tout ce que vous dites.

LA MARQUISE.

Encore, Monſieur, oh j'aime bien mieux
Monſieur le Marquis, & je luy ſuis obligée
de ne ſe pas ſervir de tout ſon eſprit avec
moy.

LE CHEVALIER.

En chantant.

En luy donnant la preferance, vous me ren-
dez la liberté. Le dépit qui me poſſede me
guerira promptement; vous en faites mon
tourment, & j'en feray mon remede.

LA MARQUISE.

Comment donc Monfieur·le Chevalier,
vous m'aimiez donc auffi.

. LE CHEVALIER *en chantant.*

Mon amour paroift trop dans mes tranf-
ports jaloux, non je ne puis aimer que vous.

LA COMTESSE.

Comment, Madame, cela eft trop joly, une
declaration en Mufique.

LA MARQUISE.

Oh Monfieur le Chevalier, vous faites aller les affaires un peu trop vifte. Il n'y a plus
moyen d'y tenir, cela deviendroit à la fin
fcandaleux.

LE CHEVALIER *en chantant.*

Ingrate écoutez-moy, je ne veux plus me
plaindre, je ne vous diray rien qui vous puiffe
allarmer.

LE VICOMTE.

Tu ferois bien mieux de te taire, auffi bien
il y a deux heures que tu ne fçais ce que tu
dis.

LE MARQUIS.

Hé Chevalier, tu ne vois pas ce vieux fou
de Vicomte. Hé bon jour mon pauvre amy,
comment te portes tu?

LE CHEVALIER.

Hé bon jour donc mon enfant.

LE VICOMTE.

Allons donc jeunes gens, point tant de familiarité.

LE MARQUIS.

Madame.

LE VICOMTE.

Souftenez-vous.

LE MARQUIS.

On dit que vous joüiez.

LE VICOMTE.

Souftenez-vous.

LE MARQUIS.

Le plus beau jeu du monde.

LE VICOMTE.

Souftenez-vous donc.

LE MARQUIS.

Allons donc vieux fou, tenez-vous bien, je veux demeurer là.

LA MARQUISE.

Ils le choififfent là dans un temps bienheureux.

LE CHEVALIER.

Vicomte, n'eft-il pas vray que je fuis bien fage.

LE VICOMTE.

Oftez-vous auffi Chevalier, je fuis las, vous ne valez pas mieux qu'un autre.

LE CHEVALIER.

Ecoutez, vieux coquin, fi vous me faites

mettre fur vous.

LA MARQUISE.

Sont-ce là les airs de la Cour ; car depuis que je fuis veuve, j'ay oublié comment on s'y gouverne.

DORANTE.

Ce font les airs de quelques-uns, Madame, mais il ne feroit pas a propos que toute la Cour leur reffemblaft.

LE VICOMTE.

Chevalier, Marquis, par ma foy quels impertinents font-ce cy ? Par ma foy je fraperay fur l'un & fur l'autre.

LE MARQUIS.

Vieux fcelerat.

LE VICOMTE.

Petit garçon.

LE CHEVALIER.

Vieil infame.

LE VICOMTE.

Je le diray à voftre pere.

LA COMTESSE.

Il n'y a plus moyen d'y tenir. Allons tirer les places , nous les ferons finir.

LA MARQUISE.

Allons Dorante . qui veut joüer ?

LE VICOMTE.

Tenez-vous donc.

SCENE

SCENE XV.

LE MARQUIS, LE CHEVALIER,
LE VICOMTE, LA MARQUISE,
LA COMTESSE, DORANTE,
DEUX JOUEURS, ARGANTE.

M. ARGANTE.

HE' qu'eſt-ce, Madame la Marquiſe, vous commencez bien tard aujourd'huy. Voila les deux plus grands Joüeurs de Paris, Monſieur d'Archambaut & Monſieur Ardoüin que je vous ameine.

LA MARQUISE.

Pour cela, on dit que ces Meſſieurs joüent leur argent le plus noblement du monde; combien ſommes-nous? allons, entrons dans cette ſalle.

LE MARQUIS.

Entrez vieux fou.

Fin du ſecond Acte.

I

ACTE III·

SCENE PREMIERE.

LA MARQUISE, LA COMTESSE.

LA MARQUISE.

Nfin voila tout le myftere, puifque vous voulez le fçavoir, qu'en dites-vous ?

LA COMTESSE.

Que j'ay grand peur que vous ne vous repentiez d'avoir eu trop d'efprit, que vous mettez Erafte à une terrible épreuve, & qu'enfin je crois qu'il feroit bien mieux d'ignorer les chofes qui ne fçauroient que vous donner du déplaifir à apprendre. Que vous importe qu'Erafte voye Dorimene, ou qu'il ne la voye pas ? pouvez-vous douter qu'il ne vous ayme, n'eft-il pas icy tant qu'il vous plaift ? n'a-t'il pas pour vous tous les égards,

toutes les complaifances imaginables , fou-
haite-t'il autre chofe au monde que de vous
époufer.

LA MARQUISE.

Oh pour m'époufer je fuis perfuadée qu'il
ne cherche autre chofe. Il a fes raifons pour
cela ; mais je voudrois qu'elles ne fuffent que
de tendreffe.

LA COMTESSE.

Vous chercherez tant, que vous trouverèz
à la fin quelque chofe qui vous déplaira.

LA MARQUISE.

Je fçauray aujourd'huy affurémĕt tout ce
que je veux fçavoir. S'il ne voit point Dorimene , je l'époufe demain malgré tous les
obftacles que ma famille y pourroit mettre.
S'il la voit, je ne le verray de ma vie.

LA COMTESSE.

Cela eft bien dur.

LA MARQUISE.

Cela fera comme je vous le dis , & malgré
la tendreffe ; car enfin je veux bien vous l'a-
voüer une feconde fois, je l'aime, & l'in-
quietude où je fuis à prefent vous découvri-
roit affez ce que je voudrois vous taire ; mais
je ne comprens pas qui peut empefcher Dumont & du Laurier de revenir. Ils devroient
eftre icy.

LA COMTESSE.

Vous verrez qu'ils auront attendus long-
temps aux Thuilleries , comme vous leur
avez dit , & qu'Erafte n'y fera point venu.

LA MARQUISE.

Pluft au Ciel ; mais non , Madame , dites
plutoft qu'Erafte aura peut-eftre fait quelque
extravagance , car je le connois. Quand il
n'auroit pas pour moy une paffion bien violente , fa vanité luy tiendra lieu de tendreffe.
Il ne peut fouffrir qu'on luy difpute quelque
chofe , & j'apprehende qu'il n'ait infulté ce
pauvre Dumont.

LA COMTESSE.

Il a trop de refpeét pour vous, Madame, &
quelque envie qu'il euft d'infulter le Cavalier,
la prefence de Dulaurier, qu'il croira vous-
mefme , fuffit pour arrefter tous fes tranf-
ports.

LA MARQUISE.

Je fuis dans une impatience.

SCENE II.

LE VICOMTE, LA MARQUISE, LA COMTESSE.

LE VICOMTE.

IL est impossible de vous trouver seule Madame.

LA COMTESSE.

Si vous voulez, Monsieur, je me retire.

LE VICOMTE.

Non, non Madame, & comme je n'ay rien que de fort raisonnable à luy dire ; Est-elle sortie, non, non demeurez, je ne seray pas fâché que vous l'entendiez.

LA MARQUISE.

Et moy je seray ravie que vous écoutiez tout ce que je luy répondray.

LE VICOMTE.

Hé bien, Madame, enfin, je puis donc un moment vous parler.

LA MARQUISE.

Vous pouvez à present mesme me parler plus long-temps si vous voulez.

LE VICOMTE.

Vous m'écouterez.

LA MARQUISE.

Je vous le promets ; mais j'apprehende que ce ne soit en vain.

LE VICOMTE.

Pourquoy.

LA MARQUISE.

C'est que vous ne vous écoutez pas vous-mesme, vous parlez toujours de quatre choses à la fois, & vous en pensez mille.

LE VICOMTE.

Cela ne m'arrivera plus, Madame, non plus que de joüer au Lansquenet. Combien y avez-vous gagné ; mais il n'est point question icy de Lansquenet ; une affaire plus serieuse... Avez-vous remarqué, dires-moy, mon malheur, je n'ay pas esté laissé une fois ; je vous prie, Madame, que le petit Maistre à dancer ne vienne plus icy. Nous ne finissons rien, Madame, voyons donc je vous prie ; mais le moyen, je vous conjure d'entendre le vacarme de tous les possedez. Que faut-il que nous fassions ? vous sçavez le dessein de vostre famille.

LA MARQUISE.

Oh pour le coup on auroit tort de se plaindre de vos distractions ; cependant, Monsieur, pour répondre à ce que vous pensez, & non

point à ce que vous me dites , je vous repet-
teray que je fuis prefte à vous époufer fi vous
le voulez.

LE VICOMTE.

Et que voulez-vous que je faffe d'Erafte ?
j'ay laiffé ma tabatiere là dedans, que de-
viendra le Maiftre à dancer.

LA MARQUISE.

Pour le Maiftre à dancer n'en parlons plus
je vous conjure ; & pour Erafte , je vous
avouë qu'il me plairoit bien mieux que vous.

LE VICOMTE.

Vous ne déguifez point vos fentimens.

LA MARQUISE.

Vous m'apprenez à ne me point contrain-
dre.

SCENE III.

M. ARGANTE, LA COMTESSE, LA MARQUISE, LE VICOMTE.

M. ARGANTE.

AH ! mon Dieu, qu'eft-ce cy.

LA MARQUISE.

Qu'entens-je ? qu'avez-vous Madame Argante.

M. ARGANTE.

Madame coupe gorge, premier pris, hé
la, la, ne riez pas tant, ce font des chofes
qui peuvent arriver à tout le monde.

SCENE IV.

**M. ARGANTE', ARCHAMBAUT,
ARDOUIN, LA COMTESSE,
LA MARQUISE, LE VICOMTE.**

ARCHAMBAUT.

HE' bien Madame Argante, n'eftes-vous
pas bien avancée. Tenez Monfieur le
Vicomte, elle a eu l'opiniâtreté de couper
cinq fois de fuitte.

LA MARQUISE.

Helas! on ne fçait guere ce que l'on fait.

ARDOUIN *en entrant.*

Où eft-elle cette Madame Argante, avec
voftre permiffion Madame, la voila cette
main, que je la baife, que je la baife, elle
n'eft pas belle, non, mais elle eft bonne.

M. ARGANTE.

Madame la Marquife, je vous prie, faites-
moy un plaifir, au moins va toujours le jeu,

prestez-moy trente pistoles que je vous ren-
dray demain matin.

LA MARQUISE.

Les voila juste dans cette bource.

M. ARGANTE.

Je vous assure que demain à vostre levé.

LA MARQUISE.

Vous vous moquez, allez ne perdez point
de temps.

M. ARGANTE.

Madame, je vous remercie.

SCENE V.

LA MARQUISE, LA COMTESSE, LE VICOMTE.

LA MARQUISE.

POur achever donc ce que je vous disois,
mon pauvre Vicomte, je n'iray point
contre les sentimens de ma famille, qui sou-
haite que je vous épouse; mais vous si vous
ne vouliez point en galant homme vous pre-
valoir de leur faveur.

LE VICOMTE.

Madame, je vous aime.

LA MARQUISE.
Prouvez le moy en ne m'époufant pas.

SCENE VI.

**LA MARQUISE, LA COMTESSE,
LE VICOMTE, DORANTE,
LE CHEVALIER, LE MARQUIS.**

DORANTE.

IL n'y a plus moyen de demeurer là dedans, c'eft un tintamare épouventable,
Madame Argante eft au defefpoir, elle en a
déchiré fes coeffes.

LE CHEVALIER.
J'ay veu l'heure qu'elle alloit me devifager.

LA MARQUISE.
Elle perd donc beaucoup.

DORANTE.
Elle a perdu jufques au dernier fou.

LA MARQUISE.
Qui gagne donc?

LE MARQUIS.
Madame la Comteffe & Dorante, ne nous
ont pas laiffé dequoy fouper. Mais j'ay icy

un homme auprés de moy qui a toujours
deux piftoles à mon fervice.

LE VICOMTE.

Il faut mieux rendre que vous ne faites pour
fe conferver du credit.

LE CHEVALIER.

Vicomte, le Marquis eft un fripon, mais
moy...

LE MARQUIS.

Je parie qu'il m'en preftera plutoft qu'à
toy.

LE VICOMTE.

Je n'en prefteray ny à l'un ny à l'autre.

LE CHEVALIER.

Vicomte.

LE MARQUIS.

Vicomte.

LE VICOMTE.

Hors delà, je n'ay pas un fou.

LE CHEVALIER.

Mon pauvre Vicomte.

LE VICOMTE.

Dieu vous affifte.

LA MARQUISE.

Voyons un peu la fin de tout cecy.

LE MARQUIS.

Chevalier, fçais-tu ce qu'il faut faire.

LE CHEVALIER.

Il faut le battre comme un diable s'il ne

nous donne ce que noûs luy demandons.

LE MARQUIS.

Tu l'as deviné.

LE CHEVALIER.

Vieux fou.

LE VICOMTE.

Tenez voila une piece de quatre piftoles pour vous deux, mais n'y revenez plus.

DORANTE.

Vous voyez qu'il en fort fort bien en payant.

LE MARQUIS.

Il n'a jamais rien fait de mieux en toute fa vie.

LA COMTESSE.

Quoy des menaces encore.

LE CHEVALIER.

Il fentoit déja fon vieux battu.

LE MARQUIS.

Hé bien, qu'eft-ce Madame Argante, vous voila bien affligée.

M. ARGANTE.

On le feroit à moins.

LE CHEVALIER.

Elle a joüé auffi bien que moy d'un furieux malheur,

M. ARGANTE.

Tant mieux , vous ne payerez pas pour moy.

DORANTE.

DORANTE.

Meſſieurs, il faut laiſſer en repos les gens
qui ont perdu leur argent. Vous voyez que je
ne luy dis mot, & je ſuis ſeur que je ſeray
toujours de ſes amis.

Mad. ARGANTE.

Oh parbleu vous n'aurez jamais mon argent & mon amitié tout enſemble.

LA MARQUISE.

Où allez-vous donc?

Mad. ARGANTE.

Madame je vous donne le bon ſoir.

LA COMTESSE.

Adieu Madame Argante.

Mad. ARGANTE.

Adieu, adieu.

LA MARQUISE.

Laquais éclairez.

LE MARQUIS.

Allons Chevalier. Je croy qu'il ne ſeroit
pas mal-à-propos de ſe retirer; auſſi bien je
vois que Madame la Marquiſe a de l'inquie-
tude.

LA MARQUISE.

Je vous avouë, Monſieur, que je ne ſuis
pas bien à moy, & que j'ay quelque choſe
dans l'eſprit qui m'embaraſſe.

LE MARQUIS.

Nous ſerions au deſeſpoir d'en eſtre la cauſe.

K

LE CHEVALIER.

Le Marquis eſt un ſot, Madame, & pour moy je vous avouë franchement, & ſans dé-tour, que je me tiendrois fort heureux ſi j'eſtois l'objet de tant d'inquietudes ; ce n'eſt pas là ce qui m'aureit fait quitter la place.

J'ay voulu la quitter cette beauté cruelle,
   Et j'éprouve qu'en la quittant,
En chantant.
    Mon cœur eſt encor moins content.

LA MARQUISE.

Meſſieurs je ne puis en Muſique, mais en mauvaiſe proſe je vous remercie de l'honneur que vous m'avez fait.

LE CHEVALIER.

Tien vieux ladre, voila ta piece de quatre piſtoles au moins.

LE VICOMTE.

Bon, tant mieux, c'eſt autant de gagné.

LA MARQUISE.

Dieu mercy nous en voila debaraſſez,

SCENE VII.

LA MARQUISE, LA COMTESSE, DORANTE, LE VICOMTE.

DORANTE.

Madame, je vous demande mille pardons.

LA COMTESSE.

Dorante, ce n'est pas à Madame qu'il faut demander pardon, c'est à Monsieur le Vicomte qu'ils ont pensé desesperer.

DORANTE.

Bon, bon, ils raillent tous comme cela avec Monsieur le Vicomte. Vous ne voyez rien, ils se mettent quelquefois quatre sur luy, & l'assomment de coups.

LE VICOMTE.

Et quelque jour moy, je leur rompray la teste avec mon baston.

LA MARQUISE.

Ma foy vous ferez bien, en verité ce sont là de terribles plaisanteries pour des gens de qualité.

DORANTE.

Tout cela n'eft rien, Madame : Si vous les
aviez veu entr'eux fe donner des foufflets, des
coups de pied, s'arracher leurs perruques, fe
rompre une canne fur le dos, fe cracher au
vifage....

LA COMTESSE.

Et tout cela en riant ?

DORANTE.

Vrayment ouy, Madame, autrement celuy
qui fe fâcheroit ne fçauroit pas vivre.

LA MARQUISE.

Cela eft fort agreable. Mais, Madame,
Dumont ne revient point. Ah ! que je fuis
ravie, le voila juftement.

SCENE VIII.

LA MARQUISE, LA COMTESSE,
LE VICOMTE, DORANTE,
DUMONT.

LE VICOMTE.

AH, ah, quelle nouvelle figure eft-ce cy ?
Hay mon petit frifé, cecy cache du

miftere ; mais , Madame , il faut que ma dif-
cretion ; que viens-tu faire icy ? je n'en manque pas , comme vous voyez. D'où viens-tu?
je veux le fçavoir.

LA MARQUISE.

Et vous allez l'apprendre , pourveu que
vous vous donniez la patience de l'écouter ,
c'eft la grace que je vous demande , tout le
miftere fera éclaircy devant vous , & vous
pouvez bien croire qu'aprés l'aveu que je
vous ay fait de ma tendreffe pour Erafte , il
doit me refter peu de chofe à vous cacher.

LE VICOMTE.

Oh parfangbleu j'auray le plaifir de l'in-
terroger.

LA MARQUISE.

Prenez le party de fortir ou de vous taire.

LE VICOMTE.

Il n'y a point à choifir , cecy vaudra peut-
eftre bien le Maiftre à dancer.

LA MARQUISE.

Monfieur....

LE VICOMTE.

Je me tairay.

LA MARQUISE.

Hé bien , mon enfant , comment tout cela
s'eft-il paffé.

DUMONT.

Une partie s'eft paffée affez bien , l'autre

aſſez mal, comme vous allez entendre.

LA MARQUISE.

Comment donc ! te voila ſans chapeau, ſans épée.

DUMONT.

Dites auſſi ſans manteau.

LA MARQUISE.

Comment donc.

DUMONT.

J'ay eſté volé.

LA MARQUISE.

Par qui?

DUMONT.

Par des Voleurs.

LA MARQUISE.

A l'heure qu'il eſt voler !

DUMONT.

A l'heure qu'il eſt.

LA MARQUISE.

Eſtoient-ils pluſieurs.

DUMONT.

Non, ils n'eſtoient qu'un.

LA MARQUISE.

Le reconnoiſtras-tu bien ?

DUMONT.

Si je le connoiſtray ? c'eſt Eraſte.

LA MARQUISE.

Tu es fou.

DUMONT.

Je ne suis point fou.

LA MARQUISE.

Il estoient donc aux Thuilleries, je suis perduë.

DUMONT.

Laissez-moy commencer par un bout, & je finiray par l'autre : car si vous m'embroüillez toujours...

LA MARQUISE.

Tay-toy, je ne veux rien sçavoir davantage.

LE VICOMTE.

Je me suis tû a condition.

LA COMTESSE.

Mais, Madame, écoutez, peut-estre cela n'est-il pas tout à fait comme vous vous l'estes imaginée.

LA MARQUISE.

Parles donc, & finis le plus promptement que tu pourras.

DUMONT.

Je suis arrivé le premier aux Thuilleries, où je n'aurois jamais trouvé l'allée des Soupirs, si je ne m'estois avisé de la demander au Portier qui me l'a enseignée. J'avois toujours le nez dans mon manteau commé vous m'aviez dit, je me promenois gravement, j'entendois des gens d'un costé qui disoient, c'est Mon-

fieur le Marquis un tel ; un autre difoit, c'eft
Monfieur le Comte, il ne vient pas icy pour
rien. Les uns difoient qu'ouy, les autres difoient que non. Ce Monfieur eft mieux fait,
difoient les premiers, les autres répondoient,
il eft vray qu'il a meilleur air.

LE VICOMTE.

Je ne comprens rien à tout cela.

LA MARQUISE.

Oh finis, je t'en prie.

DUMONT.

Je n'ay pas encore commencé. Enfin de
femblables difputes s'excitoient de tous
coftez, lors que j'ay apperceu Erafte qui venoit par une allée, & du Laurier qui arrivoit
par une autre, j'ay couru l'aborder du meilleur air du monde, & malgré l'application
d'Erafte à venir nous regarder fous le nez,
nous avons exactement fait les tours d'allées
que vous nous aviez prefcrit ; enfuite nous
fommes fortis par la porte de la terraffe, du
Laurier eft monté dans le caroffe, je luy ay
donné la main, j'y fuis monté en fuitte, juf-
ques-là tout alloit le mieux du monde, & les
chevaux à peine, aprés vingt coups de foüet,
commençoient à marcher lors qu'Erafte s'eft
mis à courir aprés nous ; & comme malheu-
fement noftre Fiacre alloit fort doucement,
il n'a pas eu grande peine à nous joindre, je

ne devinois point la raison qui le faisoit courir si fort ; mais, Madame, c'estoit mon manteau qui luy avoit donné dans la veuë ; car dans les Thuilleries il ne faisoit autre chose que de roder à l'entour de nous, & de nous regarder depuis les pieds jusqu'à la teste.

LA MARQUISE.

Auras-tu bien-tost fait ?

DUMONT.

Tout à l'heure Madame. C'est dans la ruë saint Honoré qu'il a fait arrester le Cocher, & ouvert luy-mesme la portiere de nostre carosse. Madame, a-t'il dit d'abord, je suis au desespoir de manquer au respect que je vous dois ; mais c'est à ce Cavalier cy à m'en punir, & c'est luy que je veux voir au visage ; Il m'a prié fort honnestement de le découvrir, je luy ay dit que je n'avois point d'ordre pour cela, il me l'a dit plusieurs fois ; & comme il voyoit que je n'en faisois rien, il m'a pris civilement par le bras, & m'a fait descendre du Carosse, à la verité un peu plus viste que je n'aurois voulu d'abord l'épée à la main, m'a-t'il dit, & moy de répondre toujours, je n'ay point d'ordre. Là dessus d'un soufflet, il a fait tomber mon chapeau, il m'a arraché mon manteau, & de mon épée mesme il m'a donné plus de mille coups. Il ne m'a point voulu laisser remonter dans le Ca-

rosse, j'ay eu beau luy dire que j'avois encore
quelques tours à faire par la Ville , il a re-
commencé de me battre : Durant ce temps du
Laurier a fait avancer le Carosse , & nous
nous sommes à la fin lassez tous deux , luy de
me battre , & moy d'estre battu. Ensuite il a
voulu retourner au Carosse, qui n'y estoit déja plus , & moy j'ay pris ce temps pour venir
au plus viste vous faire un fidelle recit de mes
tragiques avantures.

LE VICOMTE.

J'en feray quelque jour autant au Maistre
à dancer.

LA MARQUISE.

Hé bien , Madame , vous voyez bien qu'E-
raste n'est qu'un infidelle.

LA COMTESSE.

Tout ce procedé là ne marqueroit à toute
autre que vous qu'une passion bien violente.

LA MARQUISE.

Oh bien, Madame, je ne suis pas de mesme , je n'y remarque que de la vanité , & de
semblables procedez me guerissent si absolument, que vous ne remarquerez plus rien que
de fort indifferent dans tout ce que vous m'allez voir faire. Dumont cache toy viste dans
cette chambre, j'entens quelqu'un qui monte,
ce pourroit estre Eraste. Je ne me suis point
trompée, je le vois.

SCENE IX.

LA MARQUISE, LA COMTESSE, LE VICOMTE, DORANTE, ERASTE.

ERASTE.

VOus devriez choisir, Madame, des gens plus dignes des faveurs que vous leur prodiguez. Voila l'épée du Cavalier que je vous raporte ; car je crois bien qu'il ne se presentera pas davantage à mes yeux.

LA MARQUISE.

Donnez Monsieur, donnez, j'auray soin de la luy rendre. Il n'est peut-estre pas loin d'icy. Mais je vous prie de ne pas vous en faire tant à croire. Vous devez plus à son obeïssance, que vous ne devez à vostre valeur. Je luy avois commandé de souffrir tout ce qu'il a souffert, vous voyez qu'il sçait obeïr mieux que vous. Je ne vous avois pas mis à beaucoup prés à une si forte épreuve. Helas ! je ne vous avois prié d'autre chose que de ne plus voir Dorimene. Monsieur le Vicomte, tout cecy ne doit point vous surprendre, vous sçavez que je vous ay avoüé ingenuëment que j'avois de la tendreſſe pour Eraſte ; Madame vous ſçavez que je vous diſois tout à l'heure que je n'épouſerois jamais qu'Eraſte , ſi je pouvois eſtre aſſurée qu'il ne viſt plus Dorimene.

ERASTE.

Ah ! vous ſerez la ſeule coupable , je ne l'ay point veuë , & je ne vous laiſſeray rien qui puiſſe juſtifier le procedé infame qui vient de paroiſtre à mes yeux.

LA MARQUISE.

Pour le procedé infame dont vous m'accuſez, il eſt bon que je m'en juſtifie aux yeux de ceux qui ſont icy , & puis il ſera bon de vous convaincre que vous avez veu Dorimene tous les iours de voſtre vie. Commençons par l'un , nous finirons par l'autre. Dumont venez icy.

SCENE X.

SCENE X.

LA MARQUISE, LA COMTESSE, LE VICOMTE, DORANTE, ERASTE, DUMONT.

LA MARQUISE.

ERaſte, voila le digne champion contre
qui vous avez ſi vaillamment combattu.
J'ay peur que cette victoire ne vous faſſe pas
beaucoup d'honneur.

ERASTE.

Que vois-je;

DUMONT.

Monſieur, je vous prie, rendez-moy mon
manteau.

LA MARQUISE.

Tay-toy.

DUMONT.

Madame, il n'eſt pas à moy.

LA MARQUISE.

Et voicy tout à propos l'Heroïne qui vous
a donné tant de chagrins.

L

SCENE XI.

LA MARQUISE, LA COMTESSE, LE VICOMTE, DORANTE, ERASTE, DUMONT, DU LAURIER.

DU LAURIER.

PAr ma foy, Madame, j'en ay eu tout au moins autant que luy. Comment diantre des épées nuës ?

LA MARQUISE.

Paix. Vous voyez bien, Monsieur, que ma conduite est assez justifiée, venons un peu à la vostre. J'ay fait donner avis à Dorimene, par une lettre d'une main inconnuë, que j'avois un rendez-vous. Si vous n'aviez point vû Dorimene vous ne l'auriez pas sçû; mais elle vous a si bien instruit, que vous n'avez manqué ny l'heure, ny le lieu. Vous n'avez pû mesme vous empescher de vous en plaindre à du Laurier, vous voyez qu'il faut estre plus habile que vous ne l'estes pour tromper long-temps une personne comme moy. Malheureusement vous avez esté

voir aujourd'huy Dorimene, elle vous a af-
furé que j'avois un rendez-vous, vous l'avez
cruë ; mais vous n'avez trouvé qu'un rendez-vous imaginaire, quand j'ay découvert
que vous me trompiez réellement.

ERASTE.

Ah Madame ! il eft vray, je l'ay veuë ;
mais fi l'aveu de mon crime pouvoit m'en
faire obtenir le pardon, ou fi vous vouliez
juger de l'excés de mon amour par l'excés de
ma jaloufie, fi mes larmes, un repentir fin-
cere...

LA MARQUISE.

Erafte brifons là, je vous prie, ce langage
n'eft plus de faifon, ne perdez point icy des
larmes & des foins qui feroient mal recom-
penfez, & qui vous nuiroient peut-eftre auprés de Dorimene. Croyez-moy vous avez
deformais intereft de la ménager.

ERASTE *s'en allant.*

Ah Ciel !

LA MARQUISE.

Pour vous, Monfieur le Vicomte, je fuis
toujours dans les fentimens où vous m'avez
veuë, & je vous épouferay quand vous
voudrez.

LE VICOMTE.

Dieu m'en garde, Madame. Erafte eft en
allé. Si vous en fçavez tant contre les gens

que vous aimez. Je suis tout étourdy. Que
feriez-vous donc contre moy ?

LA MARQUISE.

Je vous conseille de garder de pareils sentimens.

LA COMTESSE.

Dorante.

DORANTE.

— Madame je vous entens, vous ne trouverez jamais en moy qu'un homme qui sera
toute sa vie entierement à vous.

LA MARQUISE.

Madame, allons soûper.

DUMONT.

Qui me payera mon manteau ?

LA MARQUISE.

Tay-toy.

DUMONT.

Du Laurier à la fin des Comedies ou Tra-
gedies ; car j'ay versé du sang suffisamment
dans cette avanture pour l'appeller ainsi.
A la fin, dis-je, il faut un mariage : qu'en
dis-tu ?

DU LAURIER.

Moy, ce que tu voudras.

DUMONT.

Nous marirons-nous ?

DU LAURIER.

Je le veux bien.

DUMONT.

Et moy aussi, touche-là.

DU LAURIER.

Va je suis ta femme.

DUMONT.

Et moy je suis ton mary.

FIN.

Pagination incorrecte — date incorrecte

NF Z 43-120-12